가짜미소

나에겐 미소란 없다

이은서 장편소설

바른북스

● 프롤로그

가짜 미소	10
괴로운 기억	23
두려움	38
희망	68
깨달음	88
그리움	114
빛	126
행복	134
절망	147
추억	166
마지막 편지	176
진짜 미소	182

● 작가의 말

-삐이이이이-

그때부터가 내 고통의 시작이었다.

'가짜 미소'. 전혀 웃기지 않는 상황에서도, 웃고 싶지 않을 때도 가짜 미소를 지어야만 했다. 나에겐 미소란 없다. 나는 내 모든 미소를 잃어버렸다. 다른 사람들 앞에선 내 감정을 숨긴 채 가짜로 미소 짓는 난, 그 누구보다도 불행한 사람이었다.

웃고 싶어도, 얼굴에 미소를 달아보고 싶어도 난 그러지 못했다. 그저 가짜 미소만이 내가 가짜로라도 웃어 보일 수 있는 유일한 방법이었다.

'언니… 어딨는 거야?'
'돌아와 줘… 제발….'
'난 언니가 꼭 필요하단 말이야….'

몇 년 전, 나의 그 외침은 아직도 생생하게 들린다. 그때 나의 바람은 결국엔 이루어지지 않았다. 그날 이후, 내 미소는 다 사라져 버렸다.
웃는 것도 가짜로만 해야 했던 나의 삶은 고통스러웠다. 나도 남들처럼 행복하게 웃고 싶었고, 가짜로 미소 지어 보이는 일은 더 이상 하고 싶지 않았다. 항상 어쩔 수 없이 가짜 미소를 지으며 진짜 나의 표정을 숨겨야만 했다.

'이거 진짜 웃기지?'
'응.'

'뭐야, 너 표정이 왜 그래?'
'아니, 그게….'
'뭐야…. 안 웃기면 재미없다고 말을 해.'
 가짜 미소를 짓지 않으면 항상 일어나는 일이었다. 이 일이 기억나곤 했기에 매일 가짜 미소를 지어야만 했다.

 가짜 미소를 지으면서 항상 드는 생각이 있었다.
'웃고 싶다.'
 가짜가 아닌, 진짜 웃음으로. 미소를 짓고 싶었다. 옛날처럼…. 내 소중한 사람과 함께했을 때처럼 누구보다도 가장 환한 미소를 짓고 싶었다. 남은 인생 중에서 딱 한 번이라도 좋으니 가짜 미소가 아닌 진짜 미소를 짓고 싶었다. 정말로 웃겨서, 웃고 싶어서 웃는 그 미소로. 나에게도 미소란 게 찾아올 순 있을까. 지금은 비록 어두운 심연 속이어도 한 줄기의 빛이 나타날 순 있을까. 지금의 인생이 완전히 뒤바뀔 수 있는 걸까.

가짜 미소

그 아무도, 내 미소에 대해서는 모른다. 거짓으로, 억지로, 가짜로 지어야 하는 그런 미소 말이다.

"아연아, 진짜 웃기지 않아?"

"응, 그러네."

표정을 최대한 웃어 보이려고 노력한 다음 대답했다. 내가 제일 싫어하는 질문이어도, 나는 거짓으로 대답해야만 했다.

매일 이러는 게 내 일상이다. 웃기지 않아도 최대한 미소를 지어 보이고, 어색한 웃음소리를 냈다. 이젠 내가 가짜로 웃어 보이는 게 다 티 날까 봐 걱정이 들기까지 한다. 물론 들려준 이야기가 재미없지는 않았지만, 그렇다고 웃고 싶은 마음이 드는 건 아니었다. 친구들이 "이거 웃기지?"라고 하지 않는 이상, 내 얼굴은 언제나 무표정이었다.

"뭐야, 너 표정이 좀…. 웃긴 거 맞아?"

"당연하지! 진짜 웃기다…."

웃는 게 너무 어색했나 보다.

이야기를 들은 다른 아이들은 다 웃고 있었다. 나와는 아예 다른 모습으로. 그 모습은 전혀 어색하지 않았다. 다른 사람에겐 미소가 일상적인 모습이어도, 내겐 가장 아름다운 것이고, 절대로 일상적이지 않다고 느껴졌다. 그 모습을 보며 나도 웃고 싶다는 생각이 자주 들었다. 다시 생각해 보면, 그건 부러움 같기도 했다.

'웃고 싶다. 아주 행복하다는 얼굴로. …근데 왜 나는 그러지 못하는 걸까.'

가끔 이런 생각들이 나를 절망감이 들도록 만들었지만, 학교생활은 그리 나쁘진 않아 버틸 수 있었다.

"아연아, 내일 학교 같이 가자."

나와 반에서 가장 친한 친구 서희가 말했다. 작년, 혼자 쓸쓸히 자리에 앉아 있던 나에게 말을 걸어준 유일한 친구였다. 서희가 먼저 말 걸어주지 않았다면, 친화력이 그리 좋지 않았던 난 혼자 외롭게 학교생활을 해야 했을 거다.

"그래."

서희도 나의 비밀을 모르고 있었다. 가짜 미소를 짓는다는 것. 항상 사람들에게 가짜 미소를 짓는다는 사실은 나만 알고 있는 중요한 비밀이다. 집에서는 거의 무표정만 짓고 있었기에, 나한텐 무표정으로 있는 것이 가장 편하게 느껴졌다.

서희는 내가 가짜로 웃는다는 것을 알면 어떤 반응을 보일지 예상이 가지 않아 아직까진 말하지 않았다.

다음 날, 어제의 어색한 웃음 때문에 불안해서 잠을 제대로 못 자서 그런지, 눈을 뜰 수가 없었다. 그러다 시계를 보곤, 약속 시간에 늦을 거라는 걸 예상하며 거실로 뛰쳐나갔다.

식탁에는 빵과 잼이 올려져 있었지만, 먹지 않고 그대로 화장실로 들어가 대충 몸을 씻었다.

최대한 빨리 준비를 끝냈음에도 약속 시간까지 단 1분도 남지 않았다.

"학교 다녀오겠습니다."

들려오는 대답은 없을 거라는 걸 알고는 현관으로 향했다. 신발을 제대로 신지도 않아 넘어질 듯이 불안한 다리로 약속 장소까지 뛰어갔다.

"늦었지? 미안."

"아니야~ 딱 맞게 왔는데? 얼른 가자."

서희는 항상 미소 짓는 얼굴이었다. 그런 서희가 항상 부럽게 느껴졌다.

"아연아, 너 국어 숙제 다 했어?"

"아 맞다…. 깜빡했네."

"내가 너 이럴 줄 알았다~ 학교 도착하면 내가 조금 도와줄게."

"고마워."

학교에 도착해도 어제와 다름없이 아이들은 이거 웃기지 않냐, 하며 시끄럽게 수다를 떨고 있다. 가끔은 나도 끼어보고 싶었지만, 어색한 내 반응에 다들 실망할 것 같아 굳이 끼지는 않았다.

"아연아, 다음 체육 시간이래. 같이 가자."

"그래."

서희는 항상 나를 챙겨줬다. 덕분에 어색하게 혼자 자리에 앉아 있는 경우는 드물었다.

다음 날도 복사라도 된 건지, 어제와 다름없는 교실 안이었다.

"아연 왔어?"

"서희도 같이 왔네?"

"둘이 맨날 같이 오잖아. 몰랐냐? 서희랑 아연이 작년부터 친했잖아!"

"아 맞다. 깜빡했네. 6학년 되니까 작년 일은 다 까먹은 듯?"

새 학년과 새 학기를 맞이하고, 충분히 반 아이들과 시끄럽게 수다를 떨고 있을 4월의 배경이었다.

"너희 중학교 어디 갈 거야?"

"딱히 생각은 안 해봤는데…. 그냥 가까운 곳 아무 데나 갈 듯~"

"하긴 나도. 주변에 딱히 고를만한 데가 많진 않아서."

"난 아마 언니랑 똑같은 곳 갈 것 같은데?"

언니라는 소리에 왠지 모르게 우울했다. 눈물이 핑 돌았고, 땀까지 나기 시작했다.

"아연이 표정이 왜 그래? 어디 아파?"

"아니 그냥…. 갑자기 좀 우울하네."

"우울증인가? 자주 그래?"

진짜 우울증인 건가.

"아니. 오늘만 그런가 봐. 괜찮아."

"그나저나 아연이 넌 중학교 어디 갈 거야?"

"음…."

"아연이 너 언니나 오빠 있어? 있으면 같은 곳 갈려나?"

딱히 답하고 싶지는 않은 질문이었지만, 몇 초 동안 머리를 굴린 끝에 대답하였다.

"아니 없어. 나 외동이야."

외동이라고 답하는 게 과연 맞는 걸까.

"그래? 처음 알았네."

다행히 별 반응은 없었다.

"어? 곧 종 치겠다. 빨리 앉자."

아침에도 나한텐 별로 흥미가 가지 않는 얘기들을 해대며 시간을 보내는 하루였다.

집에 온 나는 또 언니를 생각하고 있다.

아연이에게

언니에게

아연이에게

언니에게

수많은 편지의 내용. 왠지 모르게 그립다.
편지를 읽을 때마다 느끼는 감정과 저절로 피어나는 미소.
이젠 읽을 수 없겠지?

"둘이 친하게 지내는 모습 보기 좋네~"
"자매 맞아? 마치 친구 사이 같네~"

주변 사람들은 우리를 보고 말했었다. 늘 사이좋았던 우리 자매였으니까. 항상 서로 돕고, 나누는 그런 우리였는데…. 오늘따라 유독 언니 생각이 많이 나는 것 같다.

*

잠깐 침대에 누워 눈을 감고 있었다.
-띠리리링-
시끄러운 벨소리에 순식간에 몰려왔던 잠이 다 사라졌다. 옆에 있던 핸드폰을 확인했다. 서희였다.
"여보세요?"
"아연아, 애들이 이따 같이 놀자는데. 너도 올래?"
"음, 알겠어."

"그래, 그럼 30분 뒤에 학교 앞에서 만나~"

"응."

전화를 끊고 나서 바로 거울 앞으로 갔다. 이번에도 최대한 미소를 지어보았지만, 여전히 어색했다.

"아 씨…."

미소가 어색해질 때마다 내뱉게 되는 것 같다. 이런 습관도 미리 고쳐놔야 할 것 같지만, 날이 갈수록 더욱 심해지기만 한다.

나가기 전, 마지막으로 또 거울을 보았다. 이번에 지은 미소도 여전히 어색하지만 아까 지은 미소보단 훨씬 나았다.

"얘들아, 다 와 있었네?"

모두가 웃으면서 수다를 떨고 있었다.

"응, 왔어?"

"오랜만에 따로 모여서 수다 떨고 싶어서 불렀어."

"좋네, 오랜만에…."

다들 들떠 있었지만, 나는 아니었다. 표정 때문에 계속 신경이 쓰였다.

"웃기지 않아, 아연아?"

"뭐가?"

가짜 미소

"내가 방금 얘기한 거~ 애들은 다 웃었는데."

표정에만 신경 쓰느라 미처 듣지 못했다.

"아 그거, 웃기지."

소리 내어 크게 웃었다. 순간 잠시 정적이 흘렀다. 모두가 나를 빤히 쳐다보고 있었다. 너무 어색했던 걸까.

"우리 이제 다른 얘기 할까?"

"좋아 좋아."

서희가 말하자 정적은 멈추고 다시 원래의 밝은 분위기로 변했다.

-띠리리링-

분위기가 바뀌자마자 엄마의 전화가 울렸다.

"얘들아 나 전화 좀."

"그래그래, 편하게 받고 와."

아까 집에서 나올 때 엄마의 허락을 받지도 않고 나온 탓에 전화가 온 것이었다.

"정아연, 너 왜 허락도 없이 마음대로 나가고 그래?"

전화를 받자마자 엄마는 소리쳤다.

"미안, 친구가 불러서."

엄마는 긴 한숨을 쉬곤 말했다.

"…걱정되니까 좀만 놀다 바로 와."

"알겠어요."

요즘 따라 집착이 더 심해진 것 같다. 그래도, 많은 집착이 있더라도 난 엄마를 이해할 수 있었다.

대충 통화를 마치고 친구들한테로 향할 때, 나는 듣지 말아야 할 것을 듣고 말았다.

"야, 솔직히 정아연 쟤 너무 억지로 웃는다."

"인정. 그냥 안 웃기면 웃지 말지. 오늘만 그런 것도 아니고 예전부터 티 났어."

"에이, 아연이도 사연이 있겠지~ 너무 그러지 마."

그 가운데에서 나를 감싸주려는 서희. 심장이 빠르게 뛰었다.

'….'

아무런 생각이 들지 않았다. 그 상태로 다시 내 얘기가 잠잠해졌을 때쯤, 나는 애들 곁으로 가고 있었다.

"전화 다 하고 왔어?"

"응."

아무 일도 없었다는 듯 상냥하게 말을 건네주는 친구들. 역겹다.

"얘들아, 나 오늘따라 몸이 좀 안 좋아서…. 그냥 갈게."

"그래. 내일 봐."

가짜 미소

뒤를 돌고선 눈물이 고였다. 그동안 쟤네가 나한테 잘 대해준 건 가짜였구나. 저게 진짜 모습이었구나. 소름 끼쳤다.

다음 날, 내가 반으로 들어오자마자 서희가 나한테 말을 걸었다.
"아연아, 어제 바로 가버려서 인사도 제대로 못 했네. 몸은 좀 괜찮아?"
"응, 괜찮아."
서희한테는 미안하지만 대충 답만 하고 자리로 갔다. 어제 그 둘은 자기들끼리만 수다를 떨고 나를 쳐다보지도 않았다. 큰 배신감에 아침부터 짜증이 났다.
"아연아, 뭐 해?"
"그냥 있어."
"무슨 일 있어? 오늘따라 기분이 안 좋아 보이네…"
"아니야, 나 기분 좋아."
"그래? 다행이다."
오늘 하루만큼은 조용히 지내고 싶었다. 가짜 미소도 짓고 싶지 않았고, 아무와도 말을 주고받고 싶지 않았다. 그저 하루가 빠르게 지나갔으면 좋겠다는 생각뿐이었다.

학교가 끝나고 빠른 걸음으로 집으로 향했다. 횡단보도를 건너려고 신호등을 기다리고 있었다. 잠시 서서 멍때리고 있는 사이, 내 앞으로 빠르게 지나가는 오토바이 소리에 깜짝 놀라버렸다. 요즘 따라 멍때리는 날이 많아져서 그런지, 가끔 큰 소리가 나면 놀라곤 한다.

"왔어요."

아무도 없는 고요한 집에 들어와 습관적으로 인사를 했다.

"엄마 왔다."

"다녀오셨어요."

삐쩍 마른 엄마의 몸. 볼 때마다 마음이 아프다. 예전엔 건강해 보이고, 얼굴도 훨씬 밝았는데 지금은 아픈 사람처럼 안색이 안 좋아 보인다. 항상 내가 어디 아프냐고 물어보면 엄마는 이렇게 답하곤 한다.

"안 아파. 네 몸 관리나 잘해."

솔직히 몸 관리는 엄마가 해야 하는 거 아닌가.

'엄마나 관리해야겠지. 이렇게나 안색이 안 좋은데.'

엄마의 아파 보이는 모습을 볼 때마다 나까지 더욱 아파지는 듯한데.

"혹시나 너도, 네 언니처럼 되면 안 되니까…."

가짜 미소

"…."

 언니. 내가 가장 좋아하던 언니였다. 내가 미소를 잃게 된 것도, 다 언니 때문이었다.

괴로운 기억

그날의 기억은 아직도 생생하다. 뜨겁고, 비가 잔뜩 내리던 습한 한여름의 날.

"언니! 나 오늘 언니 주려고 이거 만들었어."
"그게 뭔데?"
"짠!"
종이 꽃다발이었다. 언니를 생각하며 하나하나 접으며 만들었던 거다.
"우와~ 진짜 예쁘다! 내가 좋아하는 노란색이네?"
언니가 좋아하는 모습을 본 나는 기뻤다. 언니가 좋아해

주니까.

"너 언니랑 사이 엄청 좋다고?"
"부럽다…. 우리 언니는 맨날 나 때리기만 하는데."
"우리 언니도 나 심부름 많이 시켜. 진짜 짜증 나! 아연이 넌 부럽다. 나도 너처럼 좋은 언니 갖고 싶다."
학교에선 친구들의 부러움을 가득 받기도 했다. 주변 사람들도 언니와 내가 꼭 친구처럼 보인다는 말을 자주 했다.

*

"아연…"
언니가 내 이름을 부르다 말고 기침했다. 원래도 가끔 기침할 때가 있었지만, 이번엔 전보다 더 심했다.
"언니, 괜찮아?"
"응, 괜찮아."
"아윤아, 무슨 일이야?"
주방에 있던 엄마가 달려왔다.
"어디 아파?"
"응, 조금 어지럽네."

그러고선 엄마와 언니는 바로 병원으로 향했다. 집에 혼자 남겨진 난 불안한 마음을 애써 가라앉히고 창밖을 바라봤다. 비는 거세게 내리고 있었다.

언니는 아파서 그러는 걸까?

무엇 때문에 아픈 걸까?

괜찮은 걸까?

속으로 생각했다. 언니가 괜찮길 기도하는 마음으로.

몇 시간 뒤, 언니와 엄마가 집으로 돌아왔다.

"아연아, 우리 왔어."

"왔어? 언니는 괜찮아?"

어린 난, 언니가 왔다는 생각에 들뜬 마음으로 물었지만, 예상과는 다르게 엄마와 언니의 표정은 그리 좋진 않아 보였다. 엄마는 잠시 언니와 나를 번갈아 바라보다 입을 열었다.

"괜찮다고 하네."

그 말에 난 기뻐했다. 언니가 괜찮다니까. 이젠 언니랑 같이 놀 수 있으니까. 언니의 밝은 미소를 계속 느낄 수 있으니까.

"진짜? 그럼 나 지금 언니랑 놀아도 돼?"

나의 어리광 가득한 목소리에 엄마는 잠시 머뭇거리더니 나에게 차분한 목소리로 말했다.

"언니가 지금은 몸이 좀 힘들어서. 언니 몸이 다시 괜찮아지면 마음껏 놀아도 되니까 좀만 참아."

"알겠어요…."

아쉬운 마음으로 언니를 바라보았다. 언니는 내 눈을 보며 밝게 웃어주었다. 어린 난, 언니가 곧 나아질 거라 믿고 다시 방으로 들어갔다.

시간이 지나도 언니는 전혀 나아지지 않았다. 언니의 기침은 더 심해졌고, 언제는 쓰러지기도 하였다. 이런 언니가 걱정되었던 나는 언니에게 편지를 쓰고 상자에 넣었다.

> 언니에게

그럴 때면 얼마 지나지 않아 상자 안엔 언니의 답장이 쓰인 편지가 담겨 있었다. 하지만 그 편지는 한순간에 끊기게 되었다.

*

"엄마, 언니! 어딨어?"

고요한 집 안에서 나는 계속 엄마와 언니를 불렀다.

"어딨는 거야…."

집 안은 아주 어두웠고, 시간은 밤 11시에 가까워지고 있었다. 아무리 불러도 엄마와 언니를 찾을 수 없었다. 나는 곧장 방으로 달려가 상자를 열었다. 언니에게서 온 답장은 없었다.

어두운 집 안에서 혼자 침대에 누워서 울고 있었을 때 현관에서 소리가 들렸다.

-삐리리-

엄마와 언니가 돌아온 건가? 나는 침대에서 일어나 현관 쪽으로 향했다. 하지만 현관에는 엄마와 언니 대신 이모가 서 있었다.

"우리 아연이 혼자 무서웠지? 집은 또 왜 이렇게 어두운 거야?"

이모는 집 안을 밝게 만들곤, 내게 물었다.

"엄마랑 언니 병원 간 거는 알지?"

"병원이요?"

"몰랐구나. 언니가 아픈 병에 걸려서 병원에 입원했다고 하더라고."

"…네? 언니가요?"

"응, 너희 엄마는 네 언니랑 같이 있어 줘야 해서…. 너랑 같이 있어 줄 사람이 없어서 내가 온 거야. 당분간은 이모랑 같이 지내야 하는데 괜찮지?"

나는 아무 말 없이 고개를 끄덕였다.

"시간 늦었다. 지금은 얼른 자."

"…네."

침대에 누워 있는 내내 언니가 생각났다. 언니는 다시 집에 돌아올 수는 있는 건가. 어린 나는 그것을 그저 아픈 병이라고만 알았다.

다음 날 아침이 밝았고, 나는 기대하는 마음으로 거실로 뛰쳐나갔다. 거실로 가면 언니가 나를 보며 밝게 웃으며 인사해 줄 것만 같았다. 하지만 거실엔 역시나 아무도 없었다.

"아, 맞다…."

"아연이 일어났어? 주말인데 좀 더 자지…. 일찍 일어났네?"

이모가 졸린 눈을 비비며 안방에서 나왔다.

"엄마랑 언니는 언제 와요?"

"지금 같이 병원에 있잖니. 며칠 더 걸릴 거야."

"아…."

"얼른 밥 먹자."

이모는 주방으로 들어가 냉장고 문을 열었다. 그동안 나는 그대로 바닥에 앉아 멍을 때렸다.

"언니…."

"아연아, 밥 거의 다 됐으니까 식탁에 앉아 있어~"

"네."

-띠리리링-

이모의 핸드폰에서 전화벨 소리가 울렸다.

"어? 잠시만."

이모는 핸드폰을 집고 전화를 받았다.

"여보세요? 어, 언니. 아연이는 잘 있어. 아윤이는 좀 어때? …아, 그렇구나. 일단 알겠어, 이따가 다시 전화할게."

이모의 표정은 안 좋았다.

"이모, 누구였어요?"

"너희 엄마 전화야."

"언니는…. 언니는요?"

"그…. 놀라지 말고 들어. 아윤이 상태가 더 안 좋아졌다고 하더라고. 그래서 병원에 더 있어야 할 것 같다네…. 그래도 곧 나아질 거니까 걱정하지 말고…."

"네? 그럼 언니는 언제 와요?"

이모의 말을 끊고 큰 목소리로 말했다.

"그건 아직 정확하게 모르겠어. 이따가 엄마랑 다시 통화해 보고 알려줄게."

"알겠어요…."

이모와 단둘이 앉아 밥을 먹었다. 원래라면 언니와 수다를 떨면서 밝은 분위기를 만들었겠지만, 지금은 그 반대였다. 이모는 내가 언니를 걱정하지 않도록 최대한 노력했지만, 이미 난 다 알아버린 것 같았다. 언니의 상태는 매우 안 좋다는 사실을.

며칠 동안은 언니가 없는 집 안이 어둡고 춥게만 느껴졌다. 날이 갈수록 집 안에 언니가 없다는 것은 당연하게 생각됐지만, 언니가 보고 싶은 마음은 조금도 변하지 않았다.

"아연아, 뭐 해?"
"그냥 있어요."
"안 심심해? 이모가 놀아줄까?"
"됐어요."
"…아연이가 언니를 많이 그리워하는구나."
"…."

"아윤이는 금방 다 나을 거야. 걱정 안 해도 돼."

이모는 매일 나에게 언니가 곧 나을 거니까 걱정하지 말라고 했다. 하지만 그런 이모의 말에도 불안한 마음만이 내 머릿속을 가득 채웠다. 정말로 언니가 다시 내 곁으로 돌아올 수 있는 걸까.

*

언니 없이 하루하루를 보낸 지도 벌써 몇 주가 지났다. 언니가 병원으로 간 첫날에는 견딜 수 없을 정도였는데 지금은 그냥 언니를 한 번만이라도 보고 싶은 마음뿐이었다. 이모도 더 이상 내게 언니의 상태에 대해서는 알려주지 않았다. 알려달라고 소리를 쳐도, 이모의 입은 항상 굳게 닫혀 있었다. 가끔 이모와 엄마가 전화하는 소리를 엿들을 때면 상황이 더 심각해지고 있다는 것을 알게 될 때도 있지만 희망을 버리진 않았다. 언젠가는 다시 언니랑 내가 같이 있게 될 거라고 믿었으니깐.

"아윤이는 어때? 수술은 잘된 거야?"

언제는 수술 얘기도 나왔다. 내가 모르는 사이 언니가 수

술까지 했다는 생각에 충격이 컸다. 그때의 나는 수술이 무섭게 느껴졌다. 수술을 했다는 거면, 언니의 상태는 지금 매우 좋지 않다는 게 분명했으니까. 이때부터 나는 언니가 곧 나을 거라는 이모의 말을 믿지 못하게 됐다.

예전에 할머니께 들은 종이학 천 마리를 접으면 소원이 이루어진다는 말에 매일 종이학을 접기도 했고, 네잎클로버를 그려 넣어 만든 부적에도 언니의 병이 낫게 해달라고 써넣기도 했다.

서랍 속에 넣어져 있던 상자 안을 보면 내가 쓴 편지들만 눈에 보였다. 위쪽에 있던 편지들을 모두 꺼내보니 상자 밑쪽에 깔려 있던 언니가 쓴 편지들이 보였다.

> 아연이에게

언니가 건강했을 때 쓴 마지막 편지를 한참 동안 바라보았다. 이 편지가 마지막이 되는 건 아닐지 걱정과 불안함이 한꺼번에 몰려왔다. 편지를 읽을까 잠시 고민하던 나는 결국엔 읽지 않고 편지를 다시 상자 안으로 조심스럽게 넣었다.

'지금은, 읽고 싶지 않을걸.'

그리고선, 방 벽을 보았다. 방 벽에는 수많은 종이학과 부적들이 붙여져 있었다. 그리고 소원 쪽지들까지.

> 언니가 빨리 집으로 돌아오게 해주세요.
> 언니가 나아지게 해주세요.
> 언니의 편지가 다시 돌아올 수 있게 해주세요.

나의 바람은 이루어질까. 하늘은 내 소원을 읽어줬을까. 내 마지막 희망마저 없애버리는 건 아니겠지?

*

나에게 남은 마지막 희망도 서서히 사라져 가고 있었을 때였다. 난 낯선 공간에 머물러 있었고, 제대로 정신이 들지 않았던 것인지 어지러웠다. 애써 참으며 고개를 돌렸더니, 무언가의 형체가 눈에 띄었다.

'언니?'

저 멀리 언니가 보였다. 뒷모습뿐이지만 언니라는 건 확실했다.

"언니!"

힘차게 언니를 불렀다. 내 외침에도 언니는 뒤를 돌아보지 않았다. 나는 불안한 마음에 언니 쪽으로 빠르게 달려갔다. 이상하게도 내가 언니 쪽으로 달릴 때마다 언니와 나의 거리는 점점 더 멀어졌다.

"…같이 가, 어디 가는 건데!"

언니는 내 말을 듣지 않고 앞으로 천천히 걸어가기만 했다.

"언니는 나빴어…. 내가 그동안 얼마나 기다렸는데…."

내 말이 끝남에도 언니는 어둠 속을 여전히 걷고 있다. 그 순간, 시야가 흐릿해졌다. 앞이 전혀 제대로 보이지 않았고, 누군가의 말소리까지 들렸다.

"뭐… 뭐라고? 아윤이가?"

침대에서 일어났다. 방 밖에서 이모의 놀란듯한 목소리가 들려온다.

"아니지? 그럴 리가 없잖아, 제발…."

"이모…. 무슨 일이에요?"

"어? 일어났어? 잠시만…."

"왜요? 무슨 일인데요!"

내가 소리치자, 이모는 조용히 말했다.

"아무 일도 없었어. 그러니 잠시 방에 들어가 있어."

마음 같아선 계속 무슨 일이냐고 묻고 싶었지만, 이모의 굳은 표정에 다시 방으로 들어갈 수밖에 없었다. 순간 꿈속의 언니가 생각났다. 뭔가 불길했다. 언니에게 무슨 일이 생긴 걸까.

"아연아."

"네?"

"…아무 일도 없었으니까 걱정하지 말고, 이모는 잠시 병원에 다녀올 테니까 집에 잠깐만 혼자 있을 수 있지?"

"…네."

이모가 없는 동안 침대에 누워서 생각에 빠졌다. 언니는 왜 내 외침에 끝까지 뒤돌아보지 않았던 걸까.

이모는 몇 시간이 지나도 집에 오지 않았다. 나는 밥도 먹지 않은 채 계속 침대에 누워 있기만 했다.

"아연아!"

이모가 잠들어 있던 나를 깨웠다. 놀란 마음에 시계를 보니 오전 6시 반에 가까워지고 있었다. 잠든 사이 벌써 다음 날 아침이 된 것이었다.

"어제 혼자 있느라 무서웠지?"

"괜찮아요."

"미안해, 내가 빨리 왔어야 했는데…"

이모는 나를 한참 동안 안아줬다.

이때까지만 해도 전혀 몰랐었다. 사실을 다 알고 난 후엔 그냥 아니라고 믿었다. 언니가 죽은 사실을.

*

"…"

정적만이 흐르고 있는 이곳. 울고 있는 사람들과 까만 옷. 내 눈앞에 놓여 있는 언니의 사진. 눈치를 챘음에도 그냥 아니라고만 믿었다. 다시 돌아온다고 믿었다. 죽은 게 아닐 것이라고….

언니의 장례식을 마친 뒤 엄마가 오랜만에 집으로 돌아왔지만, 반가운 마음 대신 절망만 가득했다. 언니와 같이 돌아올 거라고 믿었는데….

엄마와 나는 그날 집에서 짧은 대화조차 하지 않았다. 밥도 제대로 먹지 않았고, 잠에 쉽게 들 수도 없었다.

그러다 어느 날, 항상 아무 말 없이 밥을 차리던 엄마가 내게 말을 걸었다.

"아연아…. 미안해…. 정말로…."

엄마의 사과에 난 아무 말도 할 수 없었다. 가만히 서서 같이 눈물만 흘렸을 뿐.

며칠 동안 기운 없이 지냈던 엄마와 난 다시 일상으로 돌아가려고 노력했다. 하지만 뜻대로 되지 않았다. 예전보다 집안은 더 어두워진 듯했고, 엄마와 나의 사이도 어색해졌다.

그때부터 난 작은 미소조차 잃어버렸고, 지금은 가짜로 미소를 짓는 내가 되었다.

두려움

"언니, 오랜만이야."

오랜만에 언니를 보러 왔다. 언니의 마지막을 경험하게 되고, 뜨거운 눈물을 흘렸던 이곳엔, 언니의 사진만이 남아있을 뿐이었다.

"딸, 엄마 왔어."

엄마는 그 한마디를 하고서, 그 뒤론 아무 말도 하지 못했다. 엄마는 언니의 사진만을 바라보며 흘러내릴 것만 같은 눈물을 삼키고 있었다. 나도 마찬가지였다. 사진 속에 있는 언니가 너무 그리워서, 자꾸만 눈물이 흘러내려서.

"언니, 잘 있어. 또 올게…"

몇 초만 더 있었다간, 더 잊을 수 없고, 더 슬퍼질 것만 같았다. 그렇다고 언니를 혼자 놔두고 싶지도 않았다. 그저 난 사진이 아닌 진짜의 언니가 보고 싶을 뿐이었다. 사진을 볼 때마다 과거의 상처가 더 깊어지기만 한다. 모든 게 다 절망스럽기까지 하고.

'보고 싶어.'

'잠깐이라도.'

'몇 초 동안이라도.'

'…그냥 한 번만이라도 더.'

'사진이 아닌 진짜 언니의 모습으로 말이야…'

마지막으로 언니의 사진을 보았다. 역시, 진짜의 모습과는 달랐다. 진짜 모습은 더 밝고 환한 느낌이었지만, 사진 속의 언니 모습은 내가 느끼던 밝음과 환함은 보이지 않았고, 어둡고 쓸쓸한 기운만이 남아 있었다.

"안녕."

마지막 인사와 함께 납골당을 빠져나왔다. 발걸음이 무거워져도, 눈에 고인 눈물 때문에 앞이 잘 보이지 않아도 슬픔 속에 잠긴 마음을 위로하며 나와야 했다.

'미안해, 다시 올 거야. 지금은 내 마음이 다 낫기를 기다려야 해.'

"너는 엄마랑 둘이서만 지내는 거 괜찮아?"

갑작스러운 엄마의 질문에 어쩔 줄 몰랐다.

"응, 괜찮아."

"다행이네."

꽤 오랜 시간 전부터, 나는 엄마와 둘이 살아왔다. 엄마는 언니가 죽기 전부터 아빠와 이혼한 상태였다. 오래전의 일이었기에, 다 잊은 채 살아가고 있었지만, 언니의 일은 지금까지도 내게 마음 아픈 기억으로 남아 있었다.

나와 4살 차이던 언니는, 나를 무척이나 챙겨줬었다.

"아연아~"

언니의 따뜻한 부름만 들을 때면, 온몸이 포근해졌었는데, 이젠 그 부름은 다시 듣지 못한다.

예전엔 죽음이란, 단지 생을 끝내는 것이라고만 생각했다. 하지만 지금은 아니다. 죽음은, 내가 아닌 다른 사람이 겪는 걸 보는 일이기도 하니까. 죽음이란, 슬픔, 절망, 고통을 이르는 말이었다. 가장 소중하고 사랑하는 사람을 잃게 된다면 빠져나올 수 없는 슬픔 속에 갇히게 될 것이고, 그 뒤로는 절망과 고통. 소중한 사람을 잃었다는 생각에 절망감을 느끼게 되는 것이다. 마지막은 고통을 품에 안은 채 평생 살아가야 한다는 것. 그것들을 모두 느끼고 있는 사람은 나였다. 언니가 죽은 뒤로 몇 년 동안 슬픔, 절망, 고통과 함께 살아왔다. 그것들을 모두 느끼면서 살아와서 그런지, 지금까지 시간이 어떻게 흘렀는지도 모르겠다.

언젠가부터, 그날 느꼈던 나의 깨달음 하나가 내 미소를 삼켰다. 웃음 하나 없이 지내는 나의 하루하루는 절대로 빠져나올 수 없는 심연 그 자체였다. 학교에서 나의 얼굴은 미소 가득한 얼굴이었지만, 역시나 가짜다. 겉으론 어색해 보이더라도, 꽤 밝아 보이는 미소였다. 하지만 그 속은 어두운 무표정뿐이다. 때로는 울고 있을 때도 있었다.

다시 나의 미소를 되찾을 수 있을까? 아무리 웃긴 일이라도 내겐 웃음을 주기 어려웠고, 아무리 기쁘고 행복한 일이라도 내 웃음을 되찾아 주긴 어려웠다. 계속 이렇게만 되다간 평생 웃을 수 없게 될까 봐 겁도 난다.

지금 내 마음속을 가장 많이 차지하고 있는 것은 무엇일까. 언니를 잃었다는 것에 느끼는 절망감일까. 아니면, 날 떠나버린 언니에게 느끼는 미움일까. 아니면….

평생 미소 짓지 못할 수도 있다는 두려움일까.

아직은 잘 모르겠다. 뭐가 더 많이 차지하고 있는지. 예상으로는 왠지 두려움 같다. 두려움은 내가 매일 느끼는 것이니까. 두려움을 느낄 때면, 온 사방이 암흑으로 변하는 것 같기도 했으니까.

집에 오고 난 뒤엔 나도 모르게 사진 앱에 들어가 언니와 찍었던 사진을 보았다. 그 사진 속의 나는 아주 환하게 미소를 짓고 있었다. 그 옆에 있던 언니의 모습을 보니 눈물이 나올 것 같았다.

"보고 싶다…."

새어 나오는 눈물을 참지 못하고 그대로 바닥에 주저앉아 울음을 터뜨렸다. 얼마나 울었는지도 모른 채, 울 만큼, 계속 울어댔다.

그렇게 하염없이 울기만 하다가 눈에 띈 것은, 나의 긴 생머리였다. 언니를 따라 길렀던.

그때는 찰랑거리는 언니의 긴 생머리가 예뻐 보여서 어깨까지 닿을까 말까 하던 짧은 단발머리를 난 계속해서 길러왔다.

하지만 이젠 기껏 기른 머리가, 언니를 따라 오랫동안 길렀던 머리가.

거슬렸다.

이젠 내 옆에 언니가 없으니까. 그 긴 머리가 언니를 자꾸만 떠올리게 만드니까 거슬릴 수밖에 없었다.

확 잘라버리고 싶은 머리카락이어도 이 긴 머리카락을 잘라버린다면, 이젠 내 기억 속에서 언니가 영원히 사라질까 봐 몇 년이 지난 지금까지도 긴 머리를 유지 중이다. 자른다고 해도 짧게 자르진 않는다. 난 언니를 영원히 잊어버리고 싶지 않으니까. 아무리 나에게 큰 고통을 준 언니여도, 언니가 영원한 나의 언니임은 변하지 않으니까, 나의 가장 소중한 사람임은 변하지 않으니까, 난 아직도 언니가 좋았다.

지금도 내 머리는 허리까지 닿는 긴 생머리다. 가끔은 무겁게 느껴지더라도, 거슬리더라도, 난 계속 이 머리를 유지할 거다.

모습은 비슷한 우리였어도, 언니에겐 나한테는 없는 성숙함이 느껴졌기에, 난 그런 언니를 좋아했다. 나에겐 없던 성숙함이 언니를 더 어른스럽게 만들어 줬으니. 내게 어른스럽게 느껴지던 언니는 그 누구보다도 나에게 다정하게 대해줘서, 내 단짝 친구 같은 사람이어서. 그런 언니가 있기에 난 내가 세상에서 가장 행복한 사람이라고 느꼈다. 하지만 언니가 멀리 떠난 뒤론, 내가 세상에서 가장 불행한 사람 같고, 가장 괴로움을 많이 느끼는 사람 같다고 생각했다. 나의 소중한 사람을 멀리 떠나보내는 건, 고통의 일이나 마찬가지였으니. 심지어 그때의 어린 난 아직 언니를 멀리 떠나보낼 준비조차 하지 못했으니 받는 충격은 상당히 컸다. 그 이유 때문인지 지금까지도 그때의 충격은 완전히 사라지진 않았다. 가끔 그 충격이 나를 괴롭히거나, 머리를 아프게 해왔지만 난 내가 그걸 느끼면서도 잘 견뎌왔다고 생각한다.

원래는 씩씩한 나였고, 용감한 나였다. 그런 내가 소중한 사람을 잃고 나서부턴, 달라졌다. 예전엔 씩씩하고 용감했던 난, 두려움이 많은 내가 되었고, 눈물이 가득한 내가 되었다. 나의 소중한 사람이 심어줬던 용기가 모두 사라진 것인지, 세상이 무서워졌다.

나의 소중한 사람. 언니는 언제나 다정한 미소로 날 대해줬었다. 하지만 지금, 언니는 날 떠나버렸기에 난, 극심한 고통을 견뎌야만 했다.

가장 문제인 건, 그 극심한 고통은 아직까지도 더 커지고 있다는 것이다. 내가, 잘 버틸 수 있는 걸까.

계속해서 간직해 왔던 언니의 사진 한 장을 꺼내보았다. 먼지가 조금 쌓였지만, 털어낸 후, 방 벽에 붙여보았다. 어두운 내 방 안에 언니의 사진을 붙이면 조금이라도 환해질 줄 알았다. 그러나, 언니의 흔적이 내 방 안을 환하게 밝혀줄 거라는 내 생각은 틀렸다. 막상 붙이고 난 언니의 사진은 방 안을 더 어둡게 만든듯했다. 언니의 사진 앞으로 가 사진을 다시 한번 살펴보았다. 밝은 미소를 짓고 있는 언니. 하지만 그 주변엔 정체 모를 서늘한 기운만이 맴돌고 있다.

사진은 언니의 환함을 모두 담지 못한 것일까.

어두워진 방 안을 흘겨보곤, 사진을 다시 떼어냈다. 사진을 떼어내도, 방 안은 똑같이 어두운 듯했다. 떼어내는 게 더 나은 걸까. 사진 속 미소 짓고 있는 언니의 모습은 예뻐 보인다. 나도 따라 미소 짓고 싶을 정도로. 그런 마음이 들어도 내 미소는 언제나 어색하다는 걸 알기에 굳이 따라 미소 짓진 않았다. 어색한 내 모습에 상처만 남을 테니.

방 밖으로 나왔다. 답답한 공기에 참을 수가 없었나 보다. 집 안 곳곳을 걸어 다녔다. 그러다 문득 한 방문에 시선이 갔다. 딱히 특별해 보이지도 않았고, 다른 방문과는 다른 점 없는 평범해 보이는 방문이었다. 그 방문은 항상 굳게 닫혀 있었고, 평소엔 열어보지도 않았지만, 오늘따라 열어보고 싶었다.

방문 앞으로 다가가 손잡이를 잡았다. 조금 망설여졌다.

'열어도 되는 걸까.'

잠깐의 고민 끝에 손잡이를 당겼다.

-철컥-

먼지가 많이 쌓여 있는 방 안. 가장 먼저 눈에 보이는 침대와 책상.

방 안 곳곳을 둘러보며 한 사람을 떠올렸다.

'언니…'

방 한가운데에 있던 창문으로 햇빛이 들어왔다. 그 햇빛 아래에 서서 창밖을 바라보았다.

'여긴 따뜻하네.'

내 방과는 다르게 느껴지는 온기들이 나를 감쌌다.

언니의 방은 여전히 따뜻하다.

책상 쪽을 바라보았다. 책상 위엔 사진 몇 장이 놓여 있었다.

'…'

언니와 내가 미소 짓고 있었다. 어린 나의 미소가 이렇게나 예뻤던가.

추억을 계속해서 떠오르게 만드는 언니의 방. 언니가 죽은 뒤에도 건들지 않고 그대로 놔두던 방이었지만, 날이 갈수록 먼지가 쌓이고, 색이 없어진 듯한 느낌이었다. 그런 변화가 생겼어도, 방 안의 따뜻했던 온기는 여전했다.

마지막으로 이젠 추억만이 남은 방 안을 흘깃 보곤, 문을 닫았다. 이제 다신 들어오지 않을 것 같았다.

"안녕, 언니."

*

새벽, 난 또 깨어 있다. 아침까지 푹 자고 싶어도, 난 언제나 새벽에 깨어 있다. 심심한 새벽이고 바로 다시 잠들기도 어려웠기에, 대충 겉옷을 걸치고 현관으로 나갔다.

-삐리리-

현관문을 열 때 나는 소리가 엄마를 깨워버릴까 봐 걱정이 들었지만, 집 안에서 퍼지는 고요한 정적 소리에 안심이 되었다. 그러고선 현관문을 최대한 살살 닫고, 계단으로 향했다.

난 어딘가에 홀린 듯 아무 생각 없이 무작정 학교까지 걸어갔다. 도착하고 나서는 정신을 차리고 학교 앞에서 시원한 새벽 공기를 마시며 시간을 보냈다.

몇 시간 정도 지났을까, 다시 집으로 들어가 겉옷을 벗지도 않은 채 누웠다. 잠깐 눈을 감은 사이 시간은 아침 7시가 다 되어가고 있었다. 몸을 일으켜 그대로 가방만 챙겨 밖으로 나갔다. 너무 이른 시간이었기에 학교 주변을 걷다가 8시가 돼서야 학교 안으로 들어갔다.

교실 문 앞까지 와선, 난 들어가지 않고 문틈 사이로 보이는 아이들만 쳐다보고 있었다. 학교 아이들을 보면 항상 느껴지는 게 있었기에.

성숙함.

지금 나이엔, 다들 자신이 성숙하다고 느끼고 있는 것 같았다. 내가 보기에도, 다들 어른스럽게 행동했고, 행복한 순간만을 즐기고 있는 것 같았다. 그거와 반대로, 난 달랐다. 난 아직 내가 성숙하다고 느끼지 못했다. 난 내가 아직도 어린아이처럼 느껴졌으니까.

과거의 아픈 기억에서 몇 년이 지난 지금도 빠져나오지 못했다는 이유로만, 난 아직 내가 어리다고 느꼈다. 아직은, 그 기억을 떨쳐낼 힘이 없는 나약하기만 한 나였으니깐.

모두가 학교라는 공간에서 '지루하다.', '즐겁다.', '설렌다.'라는 감정을 느낄 때쯤, 난, '괴롭다.' '흥미 없다.', '불행하다.'라고만 느끼고 있었다.

난 성숙한 사람이 될 순 있는 걸까. 어쩌면, 평생 어린아이가 되어 과거의 기억을 품에 안은 채 살아가야 하는 걸까. 아직 예측할 순 없었다.

교실 안으로 들어오자마자 서희가 내게 물었다.

"아연아, 요새 힘든 일 있어?"

"아니 괜찮아."

"너 진짜로 무슨 일 있는 것 같아."

"아니라고!"

나도 모르게 소리쳐 버렸다. 서희는 놀란 듯 뒷걸음질을 쳤다. 그러고선, 아무 말 없이 자리로 향했다. 이미 후회해 봤자 되돌릴 수 없는 일이었다. 서희는 고개를 숙이고 책상 위만 멍하니 바라보고 있었다. 사과라도 해야 할 것 같았다. 다음 쉬는 시간이 되고 나서 서희에게 사과하기로 마음먹었지만, 계속해서 두려움과 불안함이 나를 감쌌다. 혹시라도 서희는 이미 나에 대한 마음을 다 버려버린 것은 아닐지.

수많은 고민 끝에 서희에게 사과하기로 결심했다.

"서희야."

"아연아."

마치 짜기라도 한 듯이 우린 동시에 서로를 불렀다.

"너 먼저 말해."

서희는 잠시 나를 바라보더니, 말을 꺼냈다.

"너… 솔직히 억지로 웃는 거 맞잖아…."

"응? 무슨 말이야…?"

서희는 차가운 말투로 내게 말했다. 그런 서희의 모습은 처음 보는 나여서 그런지 당황스러웠다.

"나 너 때문에 애들이랑 멀어졌어. 내가 괜히 네 편을 들어서…. 너만 아니었어도 난 애들이랑 안 멀어지는데…. 진짜 밉다…. 너 같은 건 그냥 없었어야 했는데…."

'너만 아니었어도.'

'진짜 밉다.'

'너 같은 건 그냥 없었어야 했는데.'

그 말만 없었어도 난 망가질 일은 없었을 것이다. 또, 좌절하지도 않았을 것이다. 내가 미워지지도 않았겠지.
이젠 하다못해 내 유일한 친구마저 없애버리는 걸까.

*

"야, 진짜 정아연 걔 그렇게 안 봤는데…."
"소름 돋는다."

"쟤 항상 웃을 때도 이상하게 웃는다며? 막 억지로라든가."
"이상해."
"무섭다. 옆에 있기 싫어."
"너도 쟤랑 놀지 마."
"쳐다보지도 마. 불쾌해."
"진짜 저런 게 왜 우리 반에…."

내 가짜 미소에 대한 소문들이 퍼졌다. 아이들의 수군거림들은 내 귓속에 모두 빠짐없이 들어왔다. 그럴 때마다 난 항상 책상 위에 엎드려 있는 것 말고는 아무것도 할 수가 없었다.

이번 일로 난 친구에 대한 무서움을 느꼈다. 친구는 믿음직스럽지 않은 존재구나. 언젠간 배신을 당하게 되는 것이었구나.

점심시간이 되었고, 나는 바로 학교 도서관으로 향했다. 아이들의 매서운 눈길을 피하고 싶어서. 아이들의 수군거림을 듣고 싶지 않아서.

도서관에는 아무도 없었다. 나는 우리 반 아이들뿐만이 아닌 학교 아이들 모두가 도서관을 잘 이용하지는 않는 사실을 알고 있었기에 도서관은 내가 항상 도망칠 수 있는 유일한 공간이 되었다.

"안녕하세요."

"어, 그래~ 자주 오는구나."

"네…."

도서관에서 가장 구석진 자리를 찾고선 평소 좋아하던 소설을 찾아 읽기 시작하였다. 왕따가 된 한 여자아이의 이야기인데 그 모습이 나와 비슷한 것 같기도 해 계속 찾게 되는 책이다.

"왜 여기서 이러고 있어?"

뒤에서 들려오는 물음에 놀란 마음을 진정시키며 뒤를 돌아보았다. 사서 선생님이셨다.

"네?"

"다른 편한 자리도 많은데 왜 굳이 여기서 읽는 거냐고~"

"전 그냥 여기가 편해서요."

"그래? 알겠어. 편하게 읽다 가~"

"네, 감사합니다."

놀란 마음을 진정시키고 다시 책 속으로 빠져들었다. 책을 읽으면서 나만의 시간을 보내는 것도 꽤 괜찮은 방법이었지만, 책을 읽으면 읽을수록 이유 없이 우울해져만 갔다. 계속해서 서희의 얼굴이 생각났다. 항상 환하게 웃던 서희였는데. 한순간에 그 모습이 완전히 반대로 달라졌다.

한 몇십 분 정도가 지났고, 나는 시간도 제대로 보지 않고 책만 읽었다. 그러다 도서관 밖 복도에서 희미하게 들리는 걸음 소리를 듣고는 시계를 보았다. 종 치기 1분 전이었다. 나는 고민할 틈도 없이 읽던 소설책을 그대로 자리에 내려놓고 교실까지 빠르게 뛰어갔다.

"너 수학 학원 가지? 같이 가자."
"좋아."
"뭐야, 정아연? 빨리 와. 우리 쳐다보겠다."
학교가 끝나고 아이들은 내 눈치를 보며 학교를 나갔다. 서희는 나에게 조금의 시선도 주지 않고 혼자 계단으로 내려갔다. 나도 서희가 눈치채지 못하도록 조심히 뒤따라 계단에 발을 올렸는데.
"아연아~"
담임 선생님께서 나를 부르셨다.
"네? 왜요?"
"잠깐 시간 되니? 조금이면 되는데."
"네, 될 것 같아요."
선생님을 따라 빈 교실로 들어갔다. 반 아이들이 많이 있었을 땐 시끄럽고, 왠지 모르게 불편한 공간 같다고 느꼈다.

하지만 지금 이 빈 교실은, 낯선 공허함과 조용함만이 머물고 있었다.

"아연아, 요즘 학교생활은 어때?"

선생님이 의자에 앉으라며 손짓하시곤, 말하셨다.

"괜찮아요."

"선생님이 볼 땐, 요즘 아연이가 계속 혼자만 시간을 보내는 것 같아서…. 원래 서희랑 친하지 않았어?"

"네. 근데 지금은 그냥 혼자 있는 게 좋아서요…."

"그래? 선생님은 요즘 아연이가 혼자만 있길래 무슨 일 있나 걱정돼서 그랬어. 아무 일 없다면 다행이네! 얼른 가 봐."

"네, 안녕히 계세요."

"그래, 내일 보자~"

지금 내가 거짓말을 한 건지도 헷갈렸다. 물론 혼자 보내는 게 그리 좋지도, 나쁘지도 않았다. 혼자 있으면, 가짜로 미소 짓거나 어색한 웃음소리를 내지 않아도 되지만, 혼자면, 가끔은 외롭기도 하였으니까.

*

"다녀왔습니다."

오늘도 아무런 소리도 없는 집 안에 홀로 외롭게 들어왔다. 고요한 집 안에 익숙한 난 가방을 놓고 침대에 누웠다. 오늘따라 힘들었다. 아주 많이.

모든 것이 다 망한 것 같았다. 내 가짜 미소 때문에…. 원래라면 내가 웃든 말든, 최선을 다해 행복하게 살려고 했겠지만, 지금은 그저 절망스럽기만 할 뿐이었다.

지금 내가 느끼는 거라곤.

'아프다.'

'괴롭다.'

'고통스럽다.'

이런 것뿐이다. 겉으론 그저 누구나 한 번쯤은 느껴보았을 단순하고, 부정적인 생각일 테지만, 난 매일 느껴왔다.

문득 궁금한 게 생겼다. 앞에 '가짜'가 붙여지면 정말로 다 가짜가 되는 것일까. 겉으론 가짜여도, 아주 깊은 어딘가엔 '진짜'라는 뜻이 있진 않을까.

나도 내 미소를 가짜라고 생각하기가 싫었다. 난 내 미소가 완전히 가짜라고는 생각해 본 적이 없었으니깐. 그 미소는 내가 일부러, 억지로 지어 보인 가짜 같은 미소였으니 난 그걸 '가짜 미소'라고 부를 뿐이었다.

언젠간 나의 미소 앞의 '가짜'도 '진짜'로 바뀔 순 있을까. 아직 확실하게는 알 수 없는 일이었다. 그래도, 이 사실은 진짜라면 좋겠다.

가짜의 끝엔, 진짜가 있을 거라는 것.

내 가짜의 끝엔 진짜가 있을지도 모른다. 아직 보이는 건 가짜가 다여도, 안 보이는 어딘가엔 진짜가 있을지도 모르니.

모든 것의 끝엔, 마지막이 있다. 가짜의 끝, 진짜가 아름다운 것처럼 그 마지막도 어쩌면 처음보다 아름다울지도 모른다.

나와 언니의 행복한 날들도 이미 끝을 냈고, 나는 마지막을 보았다. 하지만 난 아직 깨달을 수가 없었다.

나와 언니의 끝이 아름답다는 걸.

아직 깨닫기엔 너무 이르기 때문인 걸까. 아니면, 그 끝은 아름답지 못했던 것일까. 난 우리의 끝이 아름답기를 바랐다.

아직은 내가 고통을 느끼고 있어서 그런지, 우리의 끝은 아름다워지지 못한 걸까.

나의 미소도 끝은 있다. 하지만 난 나의 미소의 끝을 아름답게 받아들일 수 있을지, 아니면 끝까지 그걸 고통으로 받아들일지, 아직은 모른다.

내가, 잘 받아들일 수 있을까?

한꺼번에 많은 걱정과 불행이 날 덮친다. 세상은 내가 그만큼을 견딜 수 있는 줄 아나 보다.

'난 못 견뎌. 난 결코 견디지 못해.'

미래가 느껴진다. 아무런 기쁨과 행복을 느끼지 못하는 처참하기만 할 나의 미래를. 아무도 도와주지 않고, 아무도 내게 손을 뻗어주지 않을 극심한 어둠 속에서 살아가게 될 나 자신을. 하루하루를 별 의미 없이 살아가며 항상 얼굴에 가짜란 것을 달고 살아갈 나 자신을. 매일 나를 미워하며 살다가 내 존재에 대한 의미까지 다 잊어버릴 나 자신을.

두려웠다.

내 미래의 의미가 없어질까 봐. 처참해질까 봐. 어두울까 봐.

모두가 자신의 미래를 꿈꾸며 앞으로 나아갈 때쯤, 난 반대로 뒤로 걷고 있다.

난 내 미래를 스스로 없애고 있다. 그러다 언젠간 나 자신도 없애버릴 것만 같았다.

이것이 극도의 두려움일까.

이게 다 나의 미소 때문인 걸까. 미소가 도망가서, 내 얼굴에서 사라져 버려서.

날 떠나 도망가는 미소를 잡고 싶었다. 미소는 내가 싫어서 도망가는 거라 말해도, 그 미소는 내 미소니까, 내 것이니까, 내 얼굴에 있어야 할 미소니까 잡아야만 했다.

그 미소는 결국엔 날 떠나 모습을 감췄다. 이젠 내 눈에 보이지도, 내 손에 잡히지도 않는 미소였다.

미소는 자신이 갖고 있던 빛을 버린 채 보이지 않는 어둠 속으로 사라졌다. 미소도 날 한심하게 생각했던 것일까.

미소가 버린 빛은 나를 보곤, 서서히 어둠으로 변해갔다. 내가 그렇게나 어두웠던가. 이미 어둠이 돼버린 빛은, 이젠 더 이상 빛을 내지 못했다. 나 때문에 어둠이 되어버렸으니, 무엇보다도 환한 빛을 만들 수 있던 미소는 이젠 내 얼굴에 없으니, 다신 빛을 보지 못한다는 사실에 절망감이 나를 찾아왔다. 절망감은 내게 더 많은 어둠을 주고 가버린다. 내 마음속에 들어온 어둠은, 내 안의 모든 희망을 검게 만들어 버린다.

하지만 지금 절망감은 더 이상 내 안의 희망들을 검게 만들 수도 없었다.

이미 내 희망은 모두 사라졌으니.

*

오늘도 여전히 시끌벅적한 반이다.

'숨이 막힌다.'

'벗어나고 싶다.'

이런 생각밖에 안 든다.

그래도 아무리 답답한 기분이 드는 공간이라도 내겐 허공 곳곳에 머물러 있는 고요함이 느껴진다. 아무리 주변이 떠들썩하고, 시끄러운 분위기로 둘러싸여 있어도, 내겐 적막이 느껴졌다. 모두가 활발함과 흥미를 가진 분위기 속엔 언제나 조금의 고요함이 머물러 있다. 그 안에서 나는 흥미 대신 고요함만을 느낀다. 내겐 가까이 다가오지도 않는 흥미는 내버려두고 고요함과 시간을 보내는 게 다였다. 그 고요함은 자꾸만 추억을 떠올리게 만든다.

고통의 추억.

왜 자꾸 떠올리게 만드는 건지. 난 정말로 잊어버리고 싶은데 말이다.

"아연아, 잠시 선생님 심부름 좀 다녀올래?"

"네."

혼자 있는 나를 보며 선생님은 부탁하셨다.

답답하기만 한 교실에서 나와 빠르게 저학년층으로 내려갔다. 그 누구의 눈에도 띄지 않도록.

심부름을 끝내고 다시 위층으로 올라가려고 할 때였다.

누군가 계단에 앉아 있었다.

"응…?"

그저 계단에 앉아 쉬고 있던 애였다면 눈길조차 주지도 않았을 것이다. 하지만 이 아이의 눈엔 눈물이 맺혀 있다. 그냥 지나가기엔 마음이 좋지 않아 나도 모르게 먼저 말을 걸어보았다.

"여기서 왜 이러고 있어?"

말투가 너무 차가웠던 것인가. 아이는 잠시 나를 빤히 바라보았다. 곧 아이의 눈에 맺혀 있던 눈물이 사라졌다. 그리고 그 아이의 얼굴에 보이는 호기심 가득한 눈빛. 그 눈빛에 살짝 가짜로 미소 지어보았다. 몇 초간 아이는 나를 바라보더니 이내 말했다.

"누나 얼굴엔 가짜 괴물이 사네."

"뭐…?"

첫 모습과는 다른 아이의 밝은 목소리와 이해할 수 없는 아이의 말.

"봐봐, 지금도 누난 가짜로 웃고 있잖아."

"…하긴."

깊은 한숨 저절로 나온다. 내가 그 아이의 말을 이해했나 보다. 그 아이의 말이 맞았다. 내 얼굴엔 항상 가짜 괴물이 살고 있었다. 나의 미소를 모두 가짜로 만들어 버린 괴물. 아주 사악한.

"난 시우야. 류시우."

"…그래, 시우. 근데 넌 왜 아까 울고 있던 건데?"

시우는 잠시 내 눈을 피하더니 바닥으로 고개를 숙이며 말했다.

"애들이 날 싫어해."

순식간에 바뀐 슬퍼 보이는 눈동자.

"애들이 널 왜 싫어하는데?"

"몰라. 날 자꾸 피해."

내 이야기를 듣는 것 같았다.

"그래서… 속상해?"

"응, 나도 친구랑 놀고 싶어."

"그렇구나."

"누나는 친구 있어?"

"…응. 당연히 있지, 친구."

거짓말을 해버렸다. 이미 해버린 거짓말을 다시 지울 순 없어 그냥 놔두기로 했다.

"부럽다."

'사실은 나도 너랑 똑같지.'

속으로 말했다.

"난 이만 가볼게. 다음에 보자."

"응!"

가장 다행인 건, 시우 얼굴엔 밝은 미소가 남아 있었다는 것이다. 마음 아픈 일이 있었음에도 시우는 미소를 잃지 않았다.

근데 왜 나는 미소를 잃은 걸까.

미소는 아무한테나 찾아오는 것은 아니었나 보다. 미소는 마음의 아픔을 이겨야지만 가질 수 있는 것인가.

난 그 아픔을 이기지 못한 것일까.

미소는 아마 내 안의 모든 아픔을 이겨야지만 얼굴에 띄울 수 있는 것 같다. 난 아직 내가 느끼는 아픔의 절반도 이겨내지 못했다. 아직은 무리인 걸까.

'언젠간 나의 미소도 밝게 빛나겠지.'

시우도 이겨냈다면, 나도 이겨낼 수 있지 않을까. 나에게 오는 이 수많은 아픔들을.

*

"언니? 언니 맞아?"

언니가 보였다. 어색한 뒷모습이었지만, 난 한 번에 알 수 있었다.

"언니…. 보고 싶었어. 이제부터는 나랑 같이 있는 거지?"

언니는 내 말에 답하지 않고 그저 어두운 앞길을 걷기만 한다. 저번처럼 똑같이.

"이젠 희망이란 건 없나 봐."

그 말에, 언니는 걸음을 멈췄다.

"이젠 웃을 수도 없고, 작은 미소조차도… 지을 수 없게 됐어."

걸음을 멈췄지만, 뒤돌아보진 않았다. 그대로 가만히 내 말을 들을 뿐이었다.

"…다 망해버렸어. 그냥 모든 게 다 절망스러워. 언니도, 나도."

여전히 앞만 보는 언니. 아직도, 뒤돌지 못하는 걸까.

"이젠 깨고 싶어. 이 꿈 말이야."

내 말이 끝나자, 나는 다시 익숙한 집 안에 누워 있었다.

'이젠 희망이란 건 없어.'

'…다 끝내버리고 싶어.'

그 생각을 하고서 바로 현관으로 향했다.

학교 앞에 도착했다. 이 안에서 겪은 일들은 날 조금이라도 더 고통스럽게 만들었던 것 같다.

나는 학교 앞에서 생각에 잠겼고, 날은 점점 어두워지고 있었다.

- 어디야? 왜 허락도 없이 나가고 그래?

엄마에게 메시지가 왔다.

- 금방 갈 거야. 좀만 기다려.

시간이 별로 없다. 이젠 어떻게 살아갈지 고민해야 했다. 언니를 당장이라도 따라가고 싶어도, 아직은 죽기가 무서운 나였다. 겉으론 성숙해 보이는 학생이라도, 속은 아직 어린 애나 마찬가지였다. 그렇기에, 아직은 극도의 두려움이 나를 막고 있다.

"하…."

하늘을 보며 숨만 쉬었다. 곧 울음이 터져 나왔다.

"나도 웃고 싶은데…. 나도…. 이제 어떡하라고…."

눈물은 계속해서 터져 나왔다. 울고 싶지 않아도 참을 수 없었다. 내가 너무 절망스러워서, 이젠 가망이 없어서. 몇 분 동안 계속 땅만 바라보며 울었다.

'나도 언니 따라갈까?'

'언니 때문에 이렇게 돼버렸잖아….'

'언니는, 나의 고통이야.'

울면서, 하염없이 울기만 하면서 하늘을 보았다. 원망하는 눈빛으로.

나와는 달리 하늘은 평온하다. 어두우면서도 은은한 색감을 내며 조용히 나를 바라본다.

'나도 너처럼 평온해지고 싶다. 지금 내 마음은 너무 불안해서 잘못된 선택을 할 것만 같잖아….'

지금 난 무슨 선택을 할까. 몇 분 후 미래의 나는 어떤 선택을 했을까. 그건 괜찮은 선택이었을까. 아니면 반대로 그 선택은 잘못된 선택일까.

지금 내가 언니를 따라간다면, 세상은 조금이라도 변하는 게 있을까?

'언니, 난 어떻게 해야 할까.'

하늘을 보며 물었다. 언니가 답해주진 않을까. 답한다면 나는 그것대로 따를까?

당연하게도 언니는 대답하지 않았다.

'언니는 거기에 있는 거야?'

언니는 내 모습을 보고 있는 걸까. 하늘에서 내가 이렇게 나 슬퍼하고 고통스러워하는 모습을 보고 있지 않을까.

'보고 있어? 그럼 대답해 봐.'

'이게 다 언니 때문인 거 맞지?'

하늘을 보며 가짜 미소를 짓는 나. 원망한다는 듯이 눈물을 흘리며 어색하게 웃는 나.

'그냥 내 뜻대로 할게.'

사실 어떻게 할지 결정도 못 했지만 뭐, 내 모든 이야기가 마무리될 것만 같았다.

이젠 나 자신을 잃어버리고 허무하고 비참하기만 한 삶을 계속 살게 될 나.

'내가 졌나 봐. 난 아직도 어린가 봐. 이 그리움을 이기지 못하고 져버렸어. 나의 미소도. 이젠 영원히 내 것으로 만들지 못해. 이젠…'

'다신 밝았던 나 자신으로 돌아가지 못해.'

하늘을 보며 눈을 감곤, 숨을 내쉬었다. 언니가 나의 그리움이 가득한 숨소리를 느끼길 바라며, 나의 모든 밝음이 어둠이 되는 것을 느끼며, 쓸데없기만 한 나의 희망을 허공에 던져버리며.

그 뒤엔, 이젠 평생을 함께할 뜨거운 눈물을 흘리며 허공 속에 속삭였다.

'나도 미소 짓고 싶었어. 미소 지을 수만 있었다면 이렇게 고통받지도 않았겠지. 언니를 원망하지도 않았겠지. 이렇게 혼자 원망스러운 하늘을 보며 서 있지도 않았겠지.'

이젠 어떻게 살아갈지를 고민하며 눈을 감고 있었을 때.

누군가가 나에게로 다가왔다.

희망

"누구…."

그 애의 얼굴을 보고는 놀란 마음을 가라앉히지 못했다.

"언니…?"

처음엔 항상 보고 싶던 언니의 얼굴이 보였다. 눈물을 닦고 자세히 보아도 언니처럼 보였다. 긴 생머리에 환한 얼굴. 그립던 얼굴.

"진짜 언니야…? 진짜로…?"

이제야 보였다. 언니랑 완전히 닮은 얼굴. 멀리서 보면 진짜 언니로 착각할 만큼 비슷했다.

"아니구나…."

"괜찮아?"

"응….'

"혹시 왜 울고 있었는지 물어봐도 될까?"

그 애가 조심스럽게 물었다. 내 앞에 보이는 누구보다도 따뜻한 미소에 그 애에게 내 속마음을 털어놓기로 결심했다.

"언니가 그리워서…. 또 하루하루가 고통스럽기도 하고…. 그리고, 그리고…. 이젠 그냥 내겐 희망이 없는 것 같아서…."

떨리는 마음에 말을 더듬기도 했지만, 그 애는 내 말을 모두 이해한 듯했다.

"그랬구나."

그 애는 잠시 고민하다 다시 말을 꺼냈다.

"그래도 희망을 잃지 않는 게 좋을 텐데."

"응?"

"지금은 힘들어도 나중엔 바뀔 거야. 반드시."

"그게 무슨 말…."

그 애의 말을 이해할 수 없었다.

"계속 살아가다 보면 언젠간 알게 돼. 그니까 희망을 버리진 마."

"…."

마치 언니가 나에게 말해주는 것 같았다. 그 애의 말을 이해할 순 없었지만, 그래도 조금의 희망이라도 믿어보기로 했다.

-띠리리링-

엄마에게서 전화가 왔다. 그 애는 편하게 받으라는 듯이 고개를 끄덕였다.

"너 어디니? 금방 오겠다며!"

"지금 갈게요."

"빨리 와. 더 늦어지면 위험해."

"네."

전화를 끊고 그 애한테로 시선을 돌렸다.

"위로 고마워."

"별것도 아닌데 뭘. 시간 늦었다. 얼른 가봐."

"알겠어, 잘 가."

그동안 외로움을 많이 느껴서 그랬을까. 그 애와 했던 짧은 대화가 자꾸만 생각났다. 그립던 언니의 모습이 떠오르고, 나에게 조금의 희망이라도 가지라던 그 말이 나의 부정적인 생각을 없애주기도 했다.

그렇기에 믿어보기로 했다. 희망을.

*

"어?"

순간 놀라버렸다. 내 놀람의 소리와 함께 주변 아이들이 나를 이상한 눈빛으로 바라봤지만, 내 눈길은 오로지 한쪽으로 향해 있었다.

어제 그 애가 학교 복도에 서 있었다.

그 애는 나를 발견하고는 밝게 미소를 지었다.

"너 왜 여기 있는 거야…?"

"정아연 맞지?"

내 말을 무시하듯 그 애가 말했다. 뭔가 이상했지만, 그 애의 밝은 미소에 나도 모르게 빠져들었다.

"나 전학 왔어. 여기 4반. 이름은 유진아. 앞으로 친하게 지내자. 힘든 일 있으면 바로 말하고."

"…고마워."

그 애, 진아가 나를 보며 웃었다. 드디어 나의 외롭던 학교생활도 끝이 나는 걸까. 뒤에서 느껴지는 아이들의 따가운 시선들이 나를 괴롭혔지만, 진아 덕분인지, 곧 사라지는 느낌이 들었다.

"혹시 반 애들이 너 싫어해?"

"아마."

"왜 싫어하는 거야?"

"내가 너무 가짜로 웃어서."

"왜 가짜로 웃는 건데?"

"그냥 언니가 떠나간 뒤로 웃음이 아예 나오질 않더라고."

"웃고 싶어?"

"응. 많이."

"그래, 내가 너 꼭 웃게 해줄 거야."

눈물이 날 것 같았다. 아직 내겐 친구에 대한 믿음이 남아 있던 것인지. 진아를 믿어보기로 했다.

*

"아연아 같이 가."

"응, 그래."

언제나 진아와 함께 붙어 다녔다. 학교 아이들의 시선은 그리 좋진 않아 보였다. 이러다 진아마저 아이들의 미움을 받는 건 아닐지 걱정이 된다.

"야, 정아연 쟤 왜 저런대?"

"그러게, 소름 끼치게."

내가 친구를 사귄 게 그렇게 소름 끼치는 일인 걸까. 반 아이들은 내가 "소름 끼친다.", "이상하다."라며 뒤에서 수군거린다. 하지만 상관없었다. 지금 내 곁엔 진아가 있으니깐.

"아연아 어디 가?"
"도서관."
"같이 가자."
오랜만에 가는 도서관이었다. 달라진 점이 있다면, 이젠 혼자가 아니라 옆에 친구가 함께 있다는 것.
"아연이 왔어?"
"네."
조금 신경 쓰이던 건, 사서 선생님께서 진아에게 조금의 눈길조차 주시지 않았다는 거다. 딱히 이상하게 생각하고 싶지는 않아 별일 아닌 듯 넘겼다.
"도서관 자주 와?"
"응."
"앞으로는 나도 같이 오자."
"좋아."

*

혼란스럽던 마음을 뒤로하고, 정신을 차려보니 난 또 엄마 몰래 밖에 나와 있었다.

오늘따라 하늘에 대고 소리치고 싶다. 언니를 돌려달라고.

"아직 내겐 언니가 필요하단 말이야…. 제발 한 번이라도 더 보게 해줘."

하늘은 들을 리가 없었다. 하늘에서 언니가 내 목소리를 들을 거라 믿은 건지, 난 또 하늘을 보며 말했다.

"언니, 내가 언니와 너무 행복한 추억만 쌓았던 것일까? 그 추억의 행복이 너무 커서 그런지, 그 추억이 나에게 불행으로 돌아올 때 크기가 너무 커서 견디기가 힘들어…."

하늘은, 뿌옇다. 아름다운 하늘을 가리는 구름이 나와 언니의 연결을 막고 있었다.

"언니, 듣고 있는 거지…?"

하늘을 막고 있는 구름이 내 목소리를 막아 언니가 못 듣도록 하는 건 아닐지.

'오늘도 하늘은 내 편이 아니구나.'

하늘을 미워하는 마음으로 집으로 발걸음을 돌리는 나.

그 모습은 꽤나 슬퍼 보였던가.

*

"누나!"

시우를 보았다. 꽤 오랜만이었던가. 시우의 무릎엔 상처가 나 있었다. 피가 아래까지 다 흐르고 있는 시우의 무릎을 본 나는 피에 대한 공포가 심했던 것인지 저절로 미간이 찌푸려졌다.

"너 무릎이…."

"넘어졌어."

"누가, 민 거야?"

내 물음에 시우는 고개를 살짝 끄덕였다. 일단 지금은 많은 피가 흐르고 있었기에 보건실에 가 상처를 소독했다.

"괜찮아?"

"응."

"널 왜 민 거길래…."

"친구 사귀고 싶어서 다가갔다가 그랬어. 나도 누나처럼 친구 사귀고 싶어서…."

"…."

진아가 떠올랐다. 진아가 나의 빛과도 같은 친구인 것처럼 시우에게도 그런 친구가 생긴다면, 시우도 행복해할 것 같았다.

"앞으론 조심해."

"응, 누나."

상처, 많이 아플까. 나는 보았다. 나를 보며 밝게 미소 짓던 시우의 눈에 맺힌 눈물을. 상처는 겉에 나든, 마음속 깊은 곳에 나든, 모두 똑같이 아픈 것 같다.

내가 어렸을 적, 다리 밑으로 흐르는 피를 보며 울던 내가 떠오른다. 새빨간 피가 바닥으로 조금씩 떨어질 때마다 나의 눈물도 피를 따라 바닥으로 떨어졌다.

"따가워…."

상처의 따가움을 느끼며 흐느끼고 있었을 때쯤 가장 먼저 달려온 사람은, 언니였다.

"아연아, 괜찮아? 무슨 일이야?"

언니는 능숙하게 상처를 소독해 주며 밴드를 붙여줬다. 거짓말처럼 상처는 다 나은듯했고, 따가운 느낌이 전혀 들지 않았었다. 눈물이 멈추고, 언니의 손을 잡고 천천히 앞으로 걸어갔던 날. 상처는 깨끗이 사라졌다.

'지금 내 곁에도 언니가 있다면, 전혀 아프지 않을 텐데.'

예전엔 오직 겉에 있는 상처, 넘어져서 난 상처가 나에게 아픔을 줬다면, 지금은 마음 깊이 난 상처가 나에게 고통을 주고 있다. 겉에 난 상처라면 충분히 소독하고 금방 없어질 상처겠지만, 마음속의 상처는 깊이 있어서 그런지, 낫는 게 꽤 오래 걸리는 듯하다.

지금 난 몇 년째 낫지 않는 상처를 그대로 마음속에 두며 따가움을 느끼고 살아왔다. 그 따가움은 처음엔 견딜만하지만, 시간이 지날수록 상처의 따가움은 더욱 커져만 간다. 난 그 따가움을 아직은 잘 견디고 있겠지만, 언제까지 견딜 수 있을진 잘 모르겠다. 이젠 그 상처가 조금씩 낫기를 기다려야 할 뿐, 지금 당장 없앨 순 없으니 말이다.

'지금 내 곁에 언니가 있었다면, 벌써 다 나았을 텐데…'

이 상처만 다 낫는다면 내가 미소 짓는 것도 그리 어려워지진 않을 것 같다.

내가 바라는 건, 그렇게 많지 않다. 지금 오직 바라는 건, 미소뿐이다.

*

집에서 언니의 사진을 보며 시간을 보내고 있었다. 보는 내내 언니의 밝던 미소가 떠올랐다.

'보고 싶다.'

순간 뒤에서 느껴지는 인기척에 뒤를 돌아보았다.

"엄마?"

엄마가 뒤에서 내 핸드폰 속 언니 사진을 바라보고 있었다. 그러고선, 나에게 물었다.

"사진은 왜 보고 있는 거야…?"

"보고 싶으니까."

엄마의 얼굴을 슬쩍 보았다. 나를 못마땅한 표정으로 쳐다보고 있는 건 아닐지. 하지만 나의 예상과는 달리, 엄마의 눈가는 축축했다. 그런 엄마의 눈을 보며 나도 똑같이 슬퍼하고 있다. 엄마의 슬픈 표정을 볼 때마다 힘들고, 견디기 어려웠다. 언니 일 하나로 엄마와 내가 이렇게 변할 줄은 몰랐다. 한 번이라도 엄마와 내가 서로 행복하게 웃을 수 있었으면, 옛날처럼 언니와 나, 엄마 셋이서 함께 요리하며 즐겁게 시간을 보낼 수 있었으면. 같이 예쁘게 물든 세상에서 살아갈 수 있었으면. 언니가 떠난 뒤부턴 억지로라도 잠들려 했고, 도저히 잠이 오지 않으면 위험하게 창문을 열고 밖으로 얼굴을 내민 적도 있었다. 또 언제는, 손등에 상처를 만든 적도 있었다. 제발 죽기를 바라며. 그은 상처에선 새빨간 피가 흘러내렸지만, 죽지 못한다는 걸 안 나는 따가운 상처의 피를 닦으며 후회해야 했다. 지금 그 상처는, 아직도 내 손등에 선명한 흉터로 남아 있었으니깐. 그때 그 일이 트라우마로 남은 건지, 지금은 피만 봐도 머리가 아프고 어지러워진다. 피 공포증이라도 생긴 건지.

지금 내 곁에는 진아가 있지만 가끔은 진아를 보고 언니 생각이 나서 더 그립게 느껴지기도 하였다.

"아연아~"

그 목소리는 아직도 언니의 목소리처럼 느껴진다. 언제나 따뜻했던, 부드럽던 그 목소리였다. 거의 내 기억 속에서 잊힌듯한 목소리지만, 다시 들으면 예전의 추억과 함께 떠오르는 그리움의 목소리. 떠오르는 얼굴과 표정. 미소가 가득하다. 상상만으로도 생생하게 내 앞에 그려지는 듯한 느낌. 그 얼굴을 떠올리며 눈을 감으면, 그 얼굴은 나를 보며 미소 짓는다. 마치 나와 함께하자는 듯이. 그러다 눈을 뜨면, 나를 보며 미소 짓던 얼굴은 어디에도 없고 아무런 것도 눈에 들어오지 않는 현실이 되어 있다. 눈을 감았을 때 나를 감싸던 따뜻한 온기는 나를 마저 위로해 주고 서서히 차갑게 바뀐다.

그리움의 목소리는 언제나 나를 더 처참하게 만들지만, 때로는 조금이나마 행복하게 만들어 줄 때도 있다.

"응, 언니. 아니, 진아야."

가끔은 진아한테 실수로 언니라고 부르기도 한다. 그 상황일 때면 진아는 이상하다는 기색 하나 없이 웃어주기만 하였다. 진아의 행동, 말 하나하나에 나는 언니를 느끼고 있고, 고마움만 느끼고, 내가 해줄 수 있는 건 없는 것 같아 미안한 마음이 들기도 했다.

그날 집에서 잔잔한 음악을 들으며 침대에 누워 있었다. 자주 듣던 음악이었지만, 오늘은 왠지 음악 분위기가 더 고요해 보였다. 마치 몇 년 전 그날의 집 안처럼. 요즘은 진아 덕분에 학교생활도 좋아졌고, 모든 일이 잘 흘러가는 것만 같았다. 하지만 이유 모를 불안감들이 계속해서만 나를 괴롭혔다.

'너만 아니었어도.'
'진짜 밉다.'
'너 같은 건 그냥 없었어야 했는데.'

순간 서희가 내게 했던 말이 내 머릿속을 스쳐 지나갔다. 이것 때문이었구나. 진아까지 나를 떠날까 봐 불안감이 들었던 것이었구나. 진아는 진짜로 나를 좋아해 주는 게 맞는 걸까. 겉으로는 나를 챙겨주려고 노력하는 것 같지만 어쩌면 속으로는 불편해하고 있을지도 모른다는 것. 진아의 진짜 마음은 무엇일까.

"진아야, 너는 나랑 친구 하는 거 괜찮아?"
"응, 당연하지. 그건 왜?"
"나 때문에 너까지 애들한테 미움받을까 봐…."
"난 괜찮아~ 진짜로!"
"너는 나 안 싫어?"
"당연한 거 아니야? 네가 왜 싫어…. 하나밖에 없는 너인데!"
하나밖에 없는 나. 어디선가 들어본 말인 것 같다.

'아연이 너는 하나밖에 없는 내 동생이야.'

어쩜 이렇게 언니와 진아는 비슷한 걸까. 진아의 말에 난 또 바보같이 벅차오르는 감정에 눈가가 축축해졌다.
"…진짜 괜찮은 거 맞지?"
"응, 항상 너랑 함께할 테니까 걱정 안 해도 돼."
진아의 미소는 첫 만남 때처럼 조금의 변화 없이 여전히 따뜻했다.

"고마워, 네가 있어서 다행인 것 같아."

*

어두운 심연 속, 누군가 울고 있다. 그 울음소리는 자세히 들어보면 어린아이의 울음소리 같았다. 무언가를 잃은 듯, 아주 서럽게 울고 있다. 그런 아이의 울음소리를 들으며 난 아이한테로 다가가고 있었다.

"괜찮아?"

그 아이가 고개를 내 쪽으로 돌렸다. 그 아이의 얼굴은, 마치 거울이 내 모습을 비추기라도 한 듯 나와 똑같다.

어린 나.

어린 나는 다시 고개를 돌려 허공을 바라본다. 그 모습을 보며 난 어린 내 옆으로 가 같이 허공을 바라봤다. 어린 나는 허공 속에 무엇이 있기라도 한 건지 홀린 듯, 그 허공을 뚫어지게 쳐다보고 있다. 그 모습을 보며 난 어린 나에게 속삭였다.

"미안해. 다 나 때문에 이렇게 된 것 같다. 너도, 나도."

"…"

어린 나는 여전히 입을 다문 채 허공을 바라보고 있다.

"그래도 지금은, 전보단 꽤 나아진 하루하루를 보내고 있으니 다행이지."

어린 나는 허공을 바라보는 걸 멈췄다. 그러고선 내 쪽으로 고개를 돌리곤, 지금까진 본 적 없던 가장 빛나는 눈빛으로 나를 쳐다보았다. 그런 어린 나의 손을 꼭 잡으며 말했다.

"때로는 힘든 일이 있어도, 그만큼 행복이 가득한 일도 생기는 것 같더라. 그니까 나를 너무 원망하지는 말아줘. 지금 내겐 행복이 오고 있으니까."

어린 나는 내 말을 듣곤, 계속해서 쳐다보던 허공을 가리켰다.

"…언니."

그곳엔 언니가 있었다. 언니는 가만히 서서 나와 어린 나를 보며 미소 짓고 있다. 그 모습을 우리는 나란히 서서 바라보았다.

"미안해. 너를 위해서라도, 어린 나를 위해서라도, 난 꼭 환하게 미소 지을 거야."

어린 나를 향해 작별하듯 말했다. 그리곤, 난 다시 어린 나의 곁을 떠나 내가 미소 짓지 못하는 현실로 돌아왔다.

'그래, 어린 아연이를 위해서라도 꼭 미소 지을게.'

*

"넌 꿈 같은 거 있어?"
"꿈? 무슨 꿈?"
"장래 희망 같은 거~"
"꿈, 꿈이라…."

-삐리리-

몇 년 전의 일이다.

"언니!"

현관문이 열리는 소리와 함께 난 반가운 마음에 현관으로 뛰쳐나갔다.

"나 왔어…."

그날따라 언니의 표정은 좋아 보이지 않았었다.

"언니 표정이 왜 그래? 오늘 무슨 안 좋은 일이라도 있었어?"
"응…. 오늘 좀 속상한 일이 있어서."

"속상한 일? 다 말해봐. 내가 상담해 줄게!"

언니의 속상했던 일을 내가 다 들어주었을 때면, 언니의 표정은 한결 나아져 있었다.

"아연이 넌 나중에 커서 상담가 해도 되겠다."
"정말? 나 그럼 나중에 커서 상담가 될래!"

그때 이후로, 내 꿈은 상담가였다. 마음의 상처를 입은 사람들을 치료해 주는.

"상담가. 상담가가 되고 싶어."
"너랑 최고로 잘 맞는 꿈인 것 같아."
"나, 나중엔 밝게 웃으면서 사람들의 고민을 해결해 주고, 희망을 심어주는 그런 상담가가 될 수 있을까?"
"당연한 거 아니야? 넌 꼭 그렇게 될 거야. 꼭."

왠지 모르게 지난번, 언니와 내가 했던 대화와 지금의 대화가 비슷하게 느껴졌다. 뭔가, 예전의 느낌과 똑같달까.

"나중에 너 상담가 되면 나한테도 상담해 줘야 한다?"

진아가 장난스럽게 웃으며 말했다.

"그래, 나중엔 밝게 웃을 수 있는 상담가가 되어야지."

내 뜻대로 될진 모르겠지만. 내 꿈만은 꼭 이루고 싶었다. 언니가 말했던 것처럼 말이다.

"꿈 얘기하니까 언니가 그리워지네."

"많이 그립구나?"

"너도 나처럼 그리움을 느껴본 적 있어?"

"응, 나도 너 정도의 엄청나게 큰 그리움을 느껴봤어."

"그럼, 많이 힘들어?"

"많이 힘들었지. 근데 지금은 없어졌어."

"없어졌다고? 어떻게?"

"내가 그리워하던 사람을 다시 만났거든."

"좋았겠네. 그래서 어땠어?"

"많은 생각이 들더라. 아주 오랜만에 만났을 때, 그립던 그 애가 울고 있었어. 처음엔 당황했지. 그 애를 위로해 주고 얘기를 들어주니까 그 애의 얼굴은 한결 나아져 있었어. 근데 좀 아쉬웠던 건, 그 애는 날 기억하지 못했나 봐. 날 처음 본 듯이 대했거든."

"그래서 지금은 어떻게 됐는데?"

"그래도 다행히 잘 지내고는 있어. 물론 그 애는 지금까지도 날 기억하진 못하지만…."

"그렇구나."

그리웠던 사람을 다시 만난다는 건 행운과도 같은 일이겠지. 하지만 내가 그 행운을 보는 건 불가능한 일이다. 언니는 이미 떠났으니까. 다신 돌아오지 못하니까.

그립던 사람이 아주 오랜만에 만났을 때 자기를 기억하지 못한다는 건, 또 무슨 기분이 들까. 당황스러우면서도 서운할까. 그래도 만났다는 것만으로도 충분히 기쁜 일이지 않을까.

내게도 그런 기쁨이 찾아오기는 할까.

깨달음

"아연아~"

오늘도 어김없이 진아는 우리 반 앞에서 날 기다리고 있었다.

"응, 진아."

뒤에서 아이들은 또 나를 이상하게 쳐다본다.

'쳐다보지 좀 말지. 내가 친구 사귄 게 그렇게 이상한 일인가.'

속으로 아이들을 향해 따졌다.

"오늘 기분은 어때?"

"괜찮아."

"…그렇구나."

진아는 아쉬운 듯 보였다. 그래도 곧 웃으며 말했다.

"이따 같이 걸으면서 수다 떨까?"

"좋아."

걸으면서 수다를 떠는 건, 언니와 내가 자주 하던 거였다. 우연인진 모르겠지만, 진아는 언니와 닮은 것뿐만 아니라 성격, 말투, 나랑 같이 있을 때 떠는 수다까지도 비슷했다.

정말로, 우연인 걸까?

"아연아, 잠깐 선생님이랑 얘기 좀 할까?"

"…네."

진아와 수다를 떨다 반으로 들어왔을 때, 저번이랑 똑같이 또 선생님이 날 부르셨다. 이젠 혼자도 아니고, 친구까지 생겼는데 또 무슨 문제가 있었던 걸까.

"요즘 표정이 밝아 보이네~"

"그래 보여요?"

"응, 웃고 있는 건 아니어도 밝아진 게 느껴져. 무슨 좋은 일이라도 있어?"

"네, 친구를 사귀었거든요."

"친구? 무슨 친구?"

"옆 반의 진아라는 애인데요, 요즘에 저랑 친하게 지내는 친구예요."

"혹시… 방금도 진아라는 친구와 같이 있다 온 거니?"

"네, 보셨어요?"

"그…. 너 방금까지 4반 앞 복도에 있었던 거 맞지?"

"맞아요. 그건 왜요?"

"진아라는 친구와 같이 있었던 건 확실해?"

"…네."

계속해서 "정말이냐, 확실하냐."라고 물으시는 선생님이 이해가 가지 않았다.

"그래? 사실 아까 선생님이 복도 지나가면서 아연이 너를 봤거든. 근데 선생님이 널 봤을 땐, 넌 4반 앞에 혼자 있는 걸로 보였는데…. 혼잣말까지 하길래 이상하다 싶어서 물어봤어. 근데 지금 물어보니까 친구랑 같이 있었구나? 선생님이 잘못 봤나 봐~"

'내가 혼잣말하고 있었다고…?'

선생님이 잘못 보신 거라곤 하셨지만, 바로 옆에 있던 진아를 보지 못하셨다는 점이 이상했다. 아니, 어쩌면 불가능했다. 어떻게 바로 옆에 있던 사람을 못 볼 수가 있는 걸까.

*

"같이 걸으니까 좋지 않아?"

"응, 좋지."

"빨리 너 웃게 해주고 싶다."

"…왜 날 웃게 해주고 싶은 건데?"

늘 궁금했던 거다.

"…친구니까?"

그저 친구니까? 정말로 그냥 친구여서 나를 웃게 해주려는 것일까?

"너 같은 애는 처음 봤어. 난 정말 운이 좋나 보다."

처음으로 내가 운이 좋다고 생각했던 날이었던가.

"정말?"

진아가 어린 미소를 지으며 웃는다.

"응."

"좋네. 네가 그렇다고 하니까. 근데 너한테 궁금한 점이 하나 있는데."

"뭔데 그래?"

"넌 언니를 떠나보낼 때, 어떤 마음이었어?"

"꽤 충격이었지. 많이 슬펐는데."

"그렇구나."

"난 아직 언니와 작별할 준비가 되어 있지 않았어. 그런 내 마음도 모른 채, 날 한순간에 떠나버린 언니가 미웠어."

"그럼 지금도 언니가 미워?"

"응, 아마. 아직 그때의 충격은 다 잊지 못했으니."

"평생 미울 것 같아?"

"내가 언니의 죽음을 받아들이기 전까지는⋯."

"아직 다 받아들이지 못했구나."

"그런 것 같아."

받아들이고 싶어도, 그때 어린 나의 가슴을 깊숙이 박던 충격이 방해하고 있었다. 그 충격을 가슴에서 떼어내기엔, 난 아직 너무나 약하다.

이미 내 가슴속에 깊이 박혀버린 충격이라서. 내 가슴속에 박혀 내게 매일 고통을 주던 충격이라서. 난 그 충격과 평생을 같이해야 할 운명이 될 수도 있다는 것에 두려움을 느꼈다.

날이 갈수록 계속해서 무게가 늘어나는 이 무거운 충격을 난 가슴속에 두기 힘들었다. 충격은 날 떠나지 않고 언제나 가슴속에 머물러 있다.

'떠나가 줘. 난 너랑 평생을 함께하기 어려워. 난 망가질

것 같거든.'

내 간절함을 듣지도 않은 채 그 충격은 나에게 속삭였다.

언니가 내 삶을 모두 망쳤다고. 하늘을 원망하라고.

난 충격과 함께 평생을 살아갈 거라고.

'제발… 떠나가 줘. 난 더 이상 괴로워지기 싫어.'

떠나가 달라고 비는 나. 모든 것에 지는 나.

한심했다.

그만 빌라고 말하고 싶을 정도로. 난 계속해서 빌었기에. 모두 내 잘못이 아님에도 난 내 잘못이라 느껴서.

'그만 빌어. 그건 네 잘못이 아니잖아.'

속에 있는 나는 그렇게 말하고 있지만, 겉에 있는 나는 아직도 빌고 있다.

제발 그만하라고. 다 내 잘못이라고. 날 떠나가라고.

진아 앞에선 나의 그런 모습을 보이긴 싫었다. 진아는 내가 환하게 미소 짓기를 원했으니. 내가 강해지길 원했으니. 내가 행복한 추억들만을 가지며 살길 원했으니.

그렇다고 앞에선 그렇게 강해 보이는 척을 하진 않았다. 그저 사실대로만 말했을 뿐.

"아직은 받아들이기 힘든 것 같아."

"언젠가는 꼭 받아들일 수 있을 거야. 그땐 네 미소도 돌아올 거고."

사실대로 얘기해도 진아는 항상 변함없이 내게 희망을 심어준다.

진아가 내 곁에 있다는 건, 하늘이 도와줘서, 하늘에 있는 언니가 도와줘서 그런 걸까. 이 모든 것이 다 하늘 덕분이라면, 하늘은 날 조금이라도 돕고 있는 것 같다.

"아, 그리고 말해줄 게 있는데…."

문득 떠오른 게 있었다. 잠시 느끼던 행복을 뒤로한 채.

"뭔데?"

"이상하게 느낄진 모르겠지만, 다른 사람들이 너를 못 보는 것 같달까…. 다른 사람들 시선에선 내가 혼잣말하는 것처럼 보이나 봐…. 그게 너무 무서워."

진아의 어린 미소는 순식간에 사라졌다. 자세히 보면, 떨리고 있었다. 진아의 눈동자가.

"잘못 본 거겠지…. 너무 신경 쓰진 마."

"그래, 그나저나…. 너는 내 고민도 들어주고, 위로도 해주는데 내가 너한테 해주는 건 없는 것 같아 미안하네. 너는 뭐 고민 같은 건 없어?"

"고민이라…. 있긴 하지~"

"말해줄 수 있어?"

"그래, 말해줄게."

나도 들어주고 싶었다. 진아의 고민을.

"나에겐 동생이 있어. 나랑 아주 친한 동생. 근데 저번부터 동생이 날 많이 미워하는 것 같아서 그게 너무 고민이 되더라고."

"그래도, 네 동생도 널 많이 미워하진 않을 것 같은데? 같이 쌓은 추억이란 게 있잖아. 곧 다시 친해질 거야."

"그렇겠지? 그랬으면 좋겠다. 네 위로를 들으니 훨씬 나아진 것 같아. 고마워."

그렇게 감동을 줄 만큼의 위로는 아닌 것 같았지만, 진아가 전보단 훨씬 나아졌다니, 그걸로 됐다. 중요한 건, 내가 진아를 조금이나마 위로해 줬다는 것이니까.

*

서희. 요즘 서희를 잊고 있었다. 나 때문인지, 서희는 항상 같이 놀던 친구들과 멀어져 요즘 혼자 지내는 것 같다. 먼저 말을 걸어보고 싶어도, 서희가 예전에 했던 말이 아직까진 상처로 남아 쉽게 다가가기 어려웠다. 조금은 미안해도 아직은 먼저 말 걸 용기가 있는 건 아니었고, 어쩌면, 서희는 아직도 나를 원망하고 있을지도 모른다는 생각에 더더욱 다가가기가 쉽지 않아졌다. 하지만 반 아이들은 서희가 친구 없이 혼자 지내더라도, 딱히 눈길을 주거나 먼저 말 거는 일도 없었기에 마음이 더욱 불편해졌다.

'서희야.'

'나 너 때문에 애들이랑 멀어졌어. 내가 괜히 네 편을 들어서…. 너만 아니었어도 난 애들이랑 안 멀어지는데…. 진짜 밉다…. 너 같은 건 그냥 없었어야 했는데….'

아직도, 너무나 생생하게 들린다. 떨리던 서희의 목소리가.
'미안해. 서희야….'
속으로 사과하고 복도로 나갔다.
"야, 정아연, 뭔가 소름 끼치는 거 있지?"
"아~ 혼잣말해 대는 거?"
"엥? 너도 알아?"
"당연하지. 걔 혼잣말하고, 음침하다고 소문 다 났어."
"헐, 진짜? 근데 걔 환각 보는 건가? 진아였나, 계속 그 이름 부르던데."
"나도 들었어. 무섭더라. 진짜 왜 그러는지…."

'…환각? 다들 내가 환각을 본다고?'

믿을 수 없었다. 아니, 믿기 싫었다.

'진아는 환각이 아니라고…. 내 친구라고…!'

점점 이상해지는 것 같다. 진아도, 나도.

'진아는 내 친구가 아니라 환각이라고? 아니 그럴 리 없어. 진아는 내 친구잖아….'

정신이 이상해져 가는 걸까? 아니면, 다른 아이들이 잘못 본, 단순 오해인 걸까?

'다들 너무해…. 왜 자꾸 내 소중한 친구마저 없애려고 하는 건데….'

단순 오해이다. 환각이 아니다. 진아는 진짜 내 친구다.

나의 친구이자, 소중한 나의 언니.

"요새 무슨 일 있어?"

"없어."

"…아직도, 다른 친구들이 나를 못 본다고 생각해?"

"아니야. 다 오해였나 봐."

그냥 오해라고 믿기로 했다. 내 미소가 돌아오기 전까진.

*

11월. 이젠 제법 쌀쌀해진 가을이 왔다. 아무리 쌀쌀한 가을이라지만, 왠지 이번 가을은 작년보단 포근하게 느껴진다.

"생일 축하해~"

진아는 내게 작게 속삭였다. 그 속삭임을 듣고 입꼬리를 살짝 올려보았다. 많이 어색했지만, 진아는 웃어주었다.

"고마워, 언니."

아직도 실수하는 나여도, 진아는 이해해 주었다.

이젠 오해도 신경 쓰지 않게 되었다. 원래는 불안에 떨고 있던 나였겠지만, 언젠가부터, 그 불안은 조금씩 사라져 갔다. 진아는 환각이 아닌 것이 분명했으니까.

오늘도 서희의 주변엔 쓸쓸한 기운만이 남아 있다. 아니, 어쩌면 그건 원망스러움일지도 모른다. 나를 원망하는 마음.

작년엔 내게 마음이 담긴 따뜻한 편지와 작은 선물 상자를 건네주었지만, 지금은 그저 내게 서먹해져 버린 우리의 모습만을 보여주고 있다.

'네가 내 가짜 미소를 이해하지 못한다면, 우리의 사이는 끝이 나겠지? 넌 이해하기 어렵겠지? 넌… 가짜 미소를 짓는 내가 원망스럽겠지?'

이해하지 못할 거다. 내 고통스럽던 과거를 직접 느껴보지 못한 이상, 서희는 내 가짜 미소를 이해하지 못할 거다.

'우리는 이제 진짜 끝인가 봐. 모든 게 다 내 탓 같다. 나 때문에 네가 그렇게까지 되는 모습을 보니.'

내 가짜 미소가 내 주변 사람을 괴롭게까지 만드는 무서운 미소인 줄은 몰랐다. 난 그저 가짜 미소는 내 얼굴을 가짜로 만드는 것인 줄만 알았다. 이렇게까지 무서운 미소였을 줄은.

아마 다시 예전 같은 사이가 될 순 없을 거다. 이미 내 가짜 미소가 바꿔버린 우리의 사이였기에. 난 가짜 미소의 뜻대로 받아들여야만 했다.

내 가짜 미소는 모든 걸 더 비참하게만 만든 것 같다. 1년 중, 가장 특별한 날의 하루인 오늘도.

꼭 이렇게까지 했어야 하는 걸까. 언제까지 나만의 날마저 이렇게 보내야 하는 건지.

가짜는 모든 걸 다 망쳐놓는 건가.

"너는 나에 대해 잘 알아?"

같이 하교하면서 진아에게 물었다. 진아는 평소에 나에 대해 많이 알고, 내가 웃기 위해 도와주는 것 같지만, 자세한 이야기는 잘 모르는 것 같아 알려주고 싶었다. 다 이해할 수 있을진 모르겠지만. 최대한 털어놓고 싶었다. 난 내 무거운 속마음을 털어놓을 사람이 필요했으니까. 그 속마음을 혼자 알고, 혼자 감당하느라 많이 지친 상태였으니까.

"아마도, 대부분은."

"내가 혼자 감당하기 힘들었던 고민거리도?"

진아는 대답하지 못했다.

"너라면, 다 이해해 줄 것 같아."

"다 말해도 돼. 무슨 이야기든, 난 다 이해할 수 있으니까."

"고마워. 네가 있어서 정말로 다행이야."

진아의 손을 꼭 잡고선, 말을 이어나갔다.

"너를 만나고선, 적어도 작은 미소는 지을 수 있을 줄 알았어. 하지만 아니었나 봐. 아직도 미소 지을 수가 없어. 나는 당연히 내가 나에 대해 잘 안다고 생각했어. 그치만, 내가 미소 지을 수 없는 이유는 나도 잘 모르겠다는 거야. 예전엔 그저 언니가 죽었다는 생각에 그런 줄 알았는데, 아닌 것 같더라. 추억을 떠올릴 때마다 더욱 괴로워지거든. 언니와의 추억도 이젠 고통으로 느껴져. 다 잊고 싶어."

떨리는 목소리로 차근차근 말했다.

"추억…. 잊지 마."

진아가 작게 속삭였다.

"…잊지 말라니?"

"너에겐 그 추억이 너를 고통스럽게 만드는 것처럼 느껴지겠지만, 그건 아니야. 그 추억은 너를 괴롭히는 게 아니라 너를 웃게 만드는 유일한 방법이야."

"…"

추억. 난 지금까진 추억이 나를 괴롭히고 더욱 고통스럽게 만든다고 생각했다. 하지만, 지금 진아의 말을 들은 나는 깨달았다. 추억은, 나를 웃게 만들 수 있는 유일한 방법이라는 것을.

"넌 내가 가짜로 미소 짓는 게 이상해 보이지 않아?"

"전혀."

"다른 애들은 다 이상하게 느끼는데?"

"너의 가짜 미소는 이상한 게 아니야. 그저 진짜 미소를 찾아가는 과정일 뿐이지."

"…"

진아의 말이 맞았다. 내 가짜 미소는 이상한 게 아니었다. 그건 나의 진짜 미소를 찾아가고 있다는 뜻이었다.

"너의 말을 들으니까, 한결 나아졌어. 그리고 깨달았어. 나에겐 희망이란 게 남아 있다고."

"다행이다. 아! 그리고 이따가 잠깐 공원으로 올래? 너에게 줄 게 있어."

"당연하지. 꼭 올게."

'딸, 생일 축하해.'

밝은 집 안. 따뜻하고 다정한 엄마의 목소리. 식탁 위에 올려져 있는 작은 케이크, 그리고 케이크를 더 화사하게 만드는 촛불까지. 그렇게 큰 바람도 아니었다. 그저 다른 사람들에겐 흔한 일이며, 그리 드물지도 않은 일. 이번 생일이나 작년 생일이나, 다를 건 없다. 매일같이 환함은 전혀 안 보이는 집 안.

'생일 정말로 축하해, 우리 딸.'

이 말을 꼭 듣고 싶었을 뿐인데 내가 그렇게 큰 걸 바란 걸까.

"엄마?"

평소와 다르게 오늘은 엄마를 불러본다. 닫혀 있는 안방 문을 열어보았다. 눈이 저절로 감길 만큼 어둡다. 안방 안을 둘러보니 엄마는 자고 있었다.

"…이번에도 안 챙겨주네."

그렇다고, 나도 엄마 생일을 챙기지 않은 건 아니었다. 매년 엄마 생일마다 정성스럽게 쓴 편지와 함께 꽃다발을 안방 탁자 위에 올려두었으니. 비록 언니가 죽기 전의 생일만큼 엄청나게 특별하게 챙긴 것은 아니었지만, 난 꽤 챙기긴 했다고 생각했다. 하지만 내 마음은 모른 채 엄마는 아예 내 생일을 챙기지 않는다. 생일 축하한다는 그 한마디도 선물로 주지 않는다. 예전엔, 잘 챙겨줬던 엄마였는데 말이다.

"생일 축하해!"

언니와 엄마가 축하해 주는 생일. 무엇보다도 행복한 생일. 남 부러울 것 없이 뭐든 최고였던 날.
'이젠 다시 느낄 수 없겠죠? 이젠 내 생일은 의미 없는 날이 되는 거겠죠?'
눈을 감고 있는 엄마를 보며 속으로 따졌다.
"됐다 됐어. 이번에도 기대한 내가 바보지."
작게 중얼거린 말이 엄마의 귓가까지 닿은 줄 모른 채 침대 옆에 앉아 눈물을 흘리고 있는 나.
"여기서 뭐 하는 거야?"
"응?"
엄마는 졸린 눈으로 침대에 누워 나를 바라보고 있었다.
"언제 왔어?"
"방금…."

"너도 얼른 쉬어. 엄마 피곤해."

"응, 근데 나 잠깐 친구 좀 만나고 와도 돼?"

당장이라도 진아를 보지 않으면 이번 생일도 눈물에 젖은 채로 보낼 것만 같았다.

"안 돼. 곧 어두워지는데."

"…"

엄마는 잠시 나의 눈을 바라보았다. 처음엔 절대로 허락해 주지 않을 것만 같은 차가운 눈빛이었지만, 그 눈빛은 이내 사라지고 엄마는 조용히 입을 열었다.

"오늘만이야."

"고마워요."

신발을 대충 신고 공원으로 뛰어갔다. 쌀쌀한 바람이 내 몸을 감싸도, 그리 춥진 않게 느껴졌다.

"아연아, 왔어?"

"응, 좀 늦었지?"

"아니야. 내가 일찍 온 거야."

진아는 손에 들고 있던 작은 선물 상자를 내밀었다.

"생일 축하해."

선물 상자 안엔 작은 주황색 보석이 박혀 있는 팔찌가 들어 있었다.

"너 주황색 좋아하잖아."

"그걸 네가 어떻게 알았어? 난 말해준 적이 없는 것 같은데…."

"아…. 그냥 어쩌다 보니?"

"팔찌 예쁘다."

"너희 언니와의 추억, 내가 만들어 줄게."

진아가 자신의 손목에 찬 노란색 보석의 팔찌를 보여주며 말했다.

'언니도 노란색 좋아했었는데.'

지금의 우리는 마치 나와 언니 같았다.

팔찌를 손목에 차곤, 작은 목소리로 진아에게 말했다.

"고마워, 최고의 생일이야."

언니가 떠난 후, 매년 나의 생일마다 딱히 특별하거나 기쁜 일은 없었다. 단지 나한테 관심도 없는 엄마를 두고 혼자 어둠 속에서 슬픔의 눈물을 흐느끼며 보내는 생일이었지만, 오늘의 생일은 특별했다. 진짜로 웃을 순 없었지만, 마음 깊은 곳에선, 감동과 기쁨을 느끼고 있었다.

아직 웃을 순 없지만, 조금씩 추억을 쌓아가다 보면 찾을 수 있을 거라고 믿었다. 추억은, 내가 웃으며 미소 지을 수 있는 유일한 방법이니까.

우리는 서로를 꼭 안아주고 헤어졌다.

'최고의 생일. 가장 행복한 날이었어⋯.'

비록 내일 내 생일이 끝나더라도 오늘 하루는 내게 평생 기억될 것이다. 가장 특별한 생일을 보냈으니.

*

"근데 누나 얼굴엔 왜 가짜 괴물이 사는 거야?"

"음⋯. 슬픈 일이 있어서 그런가 봐."

"무슨 슬픈 일?"

"소중한 걸 잃었거든."

"소중한 걸 잃으면 슬퍼?"

"응, 엄청."

"그래도 요즘은 누나 얼굴에 가짜 괴물이 거의 사라진 것 같아."

시우의 말에 기뻤다. 시우를 보며 최대한 어색하지 않아 보이도록 신경 써서 미소 지었다. 시우는 내 가짜 미소를 보며 꽤 괜찮다는 듯이 고개를 끄덕였다.

"넌 어떤 친구가 갖고 싶어?"

문득 떠오른 질문이었다.

"나랑 잘 놀아주는 친구!"

"친구 생기면 같이 하고 싶은 건?"

"같이 게임도 하고 싶고, 축구도 하고 싶고…."

"그렇구나."

하고 싶은 게 참 많아 보였다.

"누나는 친구랑 뭐 하는데?"

"나는…. 그냥 얘기 나누는 정도?"

"나도 친구 갖고 싶다."

"곧 생겨. 너에게도 좋은 친구가 다가올 거야."

진아가 나에게 희망을 불어넣어 준 것처럼 나도 시우에게 희망을 줄 수 있다면 얼마나 좋을까. 지금 해준 말도 희망이 될 순 있을까. 일단 기도라도 해보기로 했다. 시우의 일이 지금은 아니지만, 예전의 나의 일처럼 느껴져 신경 쓰일 수밖에 없었으니. 예전에 나도 시우처럼 원하는 것이 많았을까. 아니면, 오직 미소 짓는 것만을 원했던 것일까.

'시우 너는 원하는 걸 꼭 이룰 수 있으면 좋겠다. 나와 달리. 난 아직 내가 원하는 걸 이룰 수 있을진 잘 모르겠으니 말이야.'

"누나도 꼭 웃게 될 거야. 가짜 말고 진짜로!"

이 말이 희망을 좀 더 심어준 것일까.

'반드시, 원하는 내 미소를 꼭 가질게.'

*

"근데, 너희 언니랑 내가 그렇게 닮았어?"
"응, 거의."
"외모가?"
"모두… 다."
"아직도 언니가 그리워?"
"응, 꿈에도 나와."
"요즘도?"
"아니, 너를 만난 후부턴 나오지 않았어."
"꿈에선 언니랑 뭐 했었는데?"
"아무것도. 언니는 날 쳐다보지도 않고 앞으로 걷기만 하고 있어. 이젠 언니를 다시 보지 못할까 봐 무섭기까지 해."

저번 꿈에서 본 장면이 아직도 기억난다. 꿈이었지만, 생생했고, 실제 일처럼 느껴지기도 했던 의문의 꿈.

'언니는…, 내가 싫은 걸까.'

잊을 수 없는 얼굴과 함께 만들어 낸 추억들. 그립다.

"이젠 깨고 싶어. 이 꿈 말이야."

이 말만 하지 않았어도, 다시 언니의 꿈을 꾸며 언니를 설득하고 있었을까. 후회해도 이미 늦은 뒤였다.
'이젠, 다시는 만나지 못하는 걸까, 언니?'
'보고 싶다.'
'언니는 왜 다시 나타나지 않는 거야?'
'후회돼. 미안해. 다시 나타나 줘….'
한 번만 다시 나타나 줬으면. 저번 그 꿈이 언니와 나를 연결하는 마지막 꿈이었다면.
우리의 마지막 만남은 그 꿈으로 끝나는 것이었나.
"다시 만날 수 있을 거야. 꼭."

"엄마 왔다."
"오늘은 좀 늦게 왔네."
"배고프진 않아?"
"알아서 다 챙겨 먹어서 괜찮아."
"다행이네. 일찍 자고."
"네."
매일 주고받는 말이 이게 다인 것 같다. 엄마의 얼굴만 봐

깨달음

도 힘든 기운이 느껴져 딱히 먼저 말 거는 것도 썩 내키진 않는 방법이라 그냥 짧은 대화로만 마무리한다.

"엄마는 나한테 관심이 없나 봐."

속으로만 내뱉으려던 말을 실수로 엄마 앞에서 해버렸다.

"뭐…?"

이왕 이렇게 된 거, 화내고 싶었다. 그동안 내 마음속을 꽉 채웠던 불만으로 말이다.

"엄마는 내가 싫지? 맨날 평소엔 나한테 관심도 안 주면서 집에만 있으라고 집착이나 하고…."

이젠 엄마를 이해할 수가 없었던가.

"무슨 소리야…. 엄마가 널 왜 싫어해."

"싫잖아! 엄마는 예전엔 나한테 그렇게나 잘해줬으면서 언니가 죽으니까 이젠 난 딸도 아니야?"

"아연아…."

"언니랑 같이 돌아올 거라고 믿었는데…. 왜 혼자 온 건데? 나한텐 언니가 꼭 있어야 했단 말이야…."

너무 큰 소리로 엄마를 다그친 탓일까. 엄마는 잠시 나를 멍하니 바라보았다. 그렇다고 울고 있는 건 아니었다. 나에게 실망을 하는 듯이 떨리는 눈으로 바라보고 있었다.

"진정하고…."

눈물은 엄마의 눈에서가 아닌 내 눈에서 흐르고 있었다.
"엄마 때문에 내가 가짜 미소를 짓게 됐잖아."

그 말을 마지막으로 방으로 들어갔다. 엄마가 미웠다. 싫었다. 원망스러웠다. 그러다, 엄마 말고 더 원망스럽고, 나를 고통스럽게 만든 한 사람이 떠올랐다. 그리고, 그 사람에게도 따지고 싶은 마음에 종이를 꺼내곤, 적었다.

언니에게

언니는 왜 그때 뒤돌아보지 않은 거야? 언니는 내 마음 모르는 거야? 언니는…. 내가 싫은 거야? 내가 몇 년 전 언니가 병원으로 떠나고 나서부터 얼마나 기다렸는지나 알아? 나는 그때 언니가 꼭 돌아올 거라 믿고 매일 기다리고 있었는데….
언니는 결국 돌아오지 않았잖아. 왜 그런 건데? 언니가 없는 동안 내가 얼마나 외롭고 불안했는지는 알기나 해? 난 이제 진짜 언니가 미워진 것 같아. 나는….

더 이상 못 쓸 것 같았다. 난 언니에게 보고 싶다는 마음 여린 편지가 아닌, 화만 내고 있다. 편지를 구겨서 쓰레기통에 던져버렸다.

'언니랑 나는 다신 만나지 못해.'
'이젠 끝인가 봐.'
'나의 미소도.'

한밤중, 공원으로 뛰쳐나가 울고 있는 나. 내게 희망을 심어준 친구가 있음에도, 이젠 나의 한마디 때문에 다신 언니를 볼 수 없다는 사실에 절망스러웠다.

'미안해, 진아야.'
'나 너무 힘들어.'
'괴로워.'
'다 그만두고 싶어.'

나는, 진짜 미소를 찾아가는 과정을 견디기가 힘들었나 보다. 이젠 견디기 어려웠다. 더 이상.

나는 결코 해내지 못할 것 같았다.

'나도 남들처럼 행복하고, 웃고 싶었어.'

나의 마지막을 떠올리니 가장 먼저 생각나는 사람은 진아였다. 나의 언니가 아닌, 나의 친구 진아. 내 곁에서 빛을 내어주고, 부드럽게 말을 건네주던 나의 친구 진아. 이게 마지막이 되든 말든, 보고 싶었다.

'보고 싶어.'

조금만 더 미루기로 했다. 마지막으로 진아의 얼굴이 보고 싶었기에.

그
리
움

"아연아~"

그립던 부름이, 내 귓가에 들려온다. 내 앞엔, 무언가의 화면이 있었고, 영상처럼 재생되는 듯했다.

'언니?'

그리고 언니의 앞엔, 내가 있었다. 몇 년 전의 내 모습이. 아주 어려 보였다. 제일 놀라운 점은, 난 웃고 있었다.

"응, 언니."

"오늘 눈 온대! 이따 같이 나가서 보러 갈래?"

"진짜? 좋아!"

내 앞에 보이는 언니와 나의 모습. 익숙했다. 몇 년 전의 우리가 내 앞에서 보이는 것이었다.

"오늘 추우니까 목도리도 잘 하고."
언니는 내게 주황색 목도리를 매어주었다.
"언니도 해."
나는 옷걸이에 걸려 있던 노란색 목도리를 언니에게 내밀었다.
"역시, 내 동생밖에 없다니까~"
준비를 마친 우리는, 현관에서 신발을 신으며 외쳤다.
"다녀오겠습니다~"
"그래, 춥지 않게 조심히 놀고~ 재밌게 놀다 와!"
이때는 다정하고, 집착 하나 없는 우리 엄마였던 것 같다. 건강한 엄마의 모습과 밝아 보이는 얼굴. 지금 모습과는 완전히 다른. 그때의 엄마가 그립다.

밖으로 나간 우리는 눈사람을 만들며 놀고 있었다. 추운 날씨였어도, 우리 둘은 왠지 여름 날씨 아래에서 놀고 있는 듯 같았다. 온통 흰 눈으로 덮여 있는 세상에 우리의 주황색, 노란색 목도리가 돋보였다. 마치 우리 둘을 표현하듯.
"춥진 않아?"
"응, 괜찮아!"
내가 추울까 봐, 혹시라도 감기에 걸릴까 봐 수시로 묻던 언니였다. 그 물음에 난 아마 춥더라도 조금이라도 더 놀고 싶은 마음에 괜찮다고 그랬던 것 같다. 몇 년 전의 기억이라지만, 왜 아직 나에겐 생생하게만 느껴지는 걸까. 아직 잊지 못해서 그런 것일까.

*

곧 겨울이 지나고, 우리에겐 봄이 찾아왔다. 하얗던 세상은 이제 분홍빛으로 물들었다.

"벚꽃 진짜 예쁘다."

"그니까!"

우리의 추억도 어느 순간부터 분홍색으로 물들어져 있었다. 향긋한 봄바람을 온몸에 느끼며, 우리 둘만의 시간을 보내고 있었다.

"너 언니랑 사이 엄청 좋다고?"

"부럽다…. 우리 언니는 맨날 나 때리기만 하는데."

"우리 언니도 나 심부름 많이 시켜. 진짜 짜증 나! 아연이 넌 부럽다. 나도 너처럼 좋은 언니 갖고 싶다."

학교에서, 같은 반 친구들과 수다를 떨고 있는 내가 보인다.

'이때, 뿌듯했었지. 나에게 친구 같은 언니가 있었다는 사실에.'

학교에선 모두가 내가 부럽다고 말하고 있었다. 미래에 일어날 일도 모른 채 웃고만 있는 내가 한심해 보이기도 했다.

'…이럴 줄 알았으면, 더 많이 웃을걸.'

지금 후회해도 소용없는 일이었다. 지금 내가 할 수 있는 거라곤, 나의 행복했던 추억들을 다시 한번 더 느껴보는 것뿐이었으니까.

그래도, 좋았다. 내가 이렇게 해맑게 웃고 있는 모습을 보니.

"아연아~"

언니보다 먼저 학교가 끝나고, 집 현관 앞에 앉아 언니를 한참 동안이나 기다리고 있던 내 곁에 엄마가 왔다.

"으응?"

이게 내 목소리가 맞나 싶을 정도로 기분이 이상했지만, 꽤 귀여운 듯했다.

"아직도 기다리는 거야?"

"응…. 언니 언제 와?"

"언니는 너보다 더 늦게 끝나잖아~ 30분 정도만 기다리면 올 것 같은데?"

"30분이나?"

"30분도 금방 가~ 그럼 엄마랑 수다 떨면서 기다리자."

"좋아!"

엄마랑 수다를 떤다니. 왠지 모르게 어릴 적 내가 부럽게 느껴지기까지 한다.

"오늘 아연이 학교에서 별일 없었어?"

"응. 아! 그리고 오늘 언니가 내 편지에 답장해 줬다?"

"정말? 좋았겠다~"

이때가 몇 학년이었는지도 잘 모르겠다. 지금 내 시선으론, 그때의 내가 유치원생처럼 보이기까지 한다. 지금의 내 눈엔, 어릴 적 내가 그렇게나 어려 보이는데 어릴 적 내가 언니의 죽음을 경험하는 모습을 내 앞에서 보면 어떤 기분일까? 아직도 생생한 기억이라 머릿속에서 잊히질 않는데 내 눈앞에서 어릴 적 내가 언니의 죽음을 느끼는 모습을 본다면 또 얼마나 괴로울까.

…어쩌면 언니의 죽음을 한 번 더 느끼는 거라면, 견디지 못해 이번엔 완전히 나 자신을 잃게 되는 걸지도 모른다.

내가, 버틸 수 있을까?

*

여름. 순식간에 많은 계절을 내 앞에서 다 느낄 수 있었다.

어릴 적 나의 사계절은 따뜻하면서도 환했다면, 현재 나의 사계절은 춥고 어두웠다.

여름, 그때다. 언니가 병원으로 떠났던 계절. 비가 거세게 내리던 날이었다. 아무도 없는 어둠 속에 갇혀버린 집 안에서 엄마와 언니를 부르며 울부짖었던 나.

"엄마, 언니!"

계속되는 나의 부름에도 아무런 대답은 없었다.

"어딨어…?"

천둥소리에 겁에 질렸던 난 엄마와 언니가 오기만을 혼자서 기다려야 했고, 많이 기다렸음에도 엄마와 언니는 끝내 돌아오지 않았다. 내가 당장이라도 어린 나의 곁으로 가 함께 있어 주고 싶은 심정이었다.

'울지마. 다 괜찮을 거야.'

어린 나는 아직도 울고 있다. 그 모습을 나는 잠시 빤히 바라보았다. 어린 내가 불쌍했다. 언니가 죽는다는 건 꿈에도 모른 채 계속 언니가 돌아올 거라 믿는 나. 이젠 다시 볼 수 없는 언니를 계속해서 불러대며 찾고 있는 나.

그냥 아무것도 모르는 나.

"우리 아연이 혼자 무서웠지? 집은 또 왜 이렇게 어두운 거야?"

이모가 왔다. 전혀 반갑진 않아 보였지만, 그래도 어둠 속에 혼자 더 이상 있긴 싫었던 나여서 그런지, 표정이 꽤 나아져 있었다.

'다행이다.'

더 이상 어린 내가 우는 모습을 눈앞에서 보는 것이 힘들어서 그랬는지, 안도의 한숨을 쉬었다. 조금 진정이 된 후엔, 빌었다.

'내가 슬퍼하는 모습은 더 이상 보기 싫어. 제발…'

"엄마… 나 언제 집에 갈 수 있어?"

순식간에 바뀐 화면과 들려오는 목소리. 낯선 분위기와 함께 왠지 모르게 숨이 막히는 듯한 곳. 병실 안이었다.

"곧 갈 수 있어. 그러니 좀만 참아…"

"나 아연이가 너무 보고 싶어… 아연이는 나 계속 기다리고 있을 텐데…"

"조금만, 아주 조금만 더 있으면 볼 수 있어. 아연이도 잘 기다리고 있을 거야…"

걱정과 불안감이 가득한 엄마의 얼굴. 울고 있는 언니.

"…"

그 뒤론, 침묵이 흐르고 있었다. 병실 창문에 맺혀 있는 물방울들은 곧 창문 유리를 따라 아래로 내려갔다.

-뚝, 뚝, 뚝-

그 물방울들이 병실 안의 고요함을 조금이나마 시끄럽게 만들고 있었다.

'언니!'

나의 외침이 닿을 리 없었다.

'…'

"*아연아….*"

언니는 계속해서 힘겨운 목소리로 내 이름을 불렀다. 그 부름에 나는 계속 답했지만, 역시나 내 목소리는 언니에게 닿지 않았다.

날이 흐를수록, 언니의 상태는 더욱 심각해졌다. 그 심각함을, 내 앞에서 처음 느껴보아서 그런지 무척이나 괴롭다.

"*아윤아….*"

희망이 서서히 없어지는 듯한 엄마의 목소리. 언니의 미소도 날이 갈수록 사라져 간다.

언니가 쓰고 있는 산소마스크. 언니는 짧은 숨을 여러 번씩 쉬고 있다. 그 모습은 힘겨워 보이면서도 불편해 보인다. 내 마음까지도.

'많이 견뎠었구나….'

언니의 상태가 이 정도인 줄 몰랐던 어린 난 언니가 많이 견

디지 못하고 금방 떠나버린 줄 알았다. 지금은, 이 모습을 직접 본 난, 언니가 꽤 많이 견뎠다는 걸 알았다.

그렇게 며칠 동안 언니의 차가운 숨소리를 들으며 나를 모두 삼킬 만큼의 고통을 힘겹게 견뎠다. 나의 소중한 사람이 아픈 것을 바로 앞에서 느끼는 건, 이런 느낌이구나.

그러다 어느 날.

삐- 삐- 삐-

일정한 듯, 불안한 듯 소리를 내던 심박수는 조금씩 떨어져 갔다.

'안 돼, 안 돼…. 제발 살아줘….'

언니의 목숨은 위태로워져 간다. 그 심각성을 느끼며 난 불안함에 더 이상 화면을 바라보기 어려웠다.

삐- 삐- 삐-

불안한 마음에 눈을 감고 싶어도, 감아지지가 않았다. 지금 눈을 감는다면, 난 마지막 언니가 살아 있던 모습을 보지 못하고 허무하게 언니를 보내야 할 것만 같았다.

제발 내 간절함이 닿기를 바랐다. 미래에 언니가 죽는다는 걸 알았음에도, 언니가 다시 돌아오길 바랐다.

하지만 난 잘 안다. 모든 것은 내 바람대로 되지 않는다는 것을.

-삐이이이이-

언니는 아픔을 이기지 못했다.

"아윤아…!"

한순간에 언니의 죽음을 내 눈앞에서 느꼈다.

'언니!'

고요한 침묵 속의 병실 안, 내 외침만이 울리고 있었다.
'…'
어릴 적 나는 이 아픔을 어떻게 견뎌온 걸까. 당장이라도 언니를 따라가고 싶은 마음이었을 텐데. 내가 병실 안을 비추는 화면 속에서 마지막으로 본 것은, 주황색 편지봉투. 무엇을 의미하는진 모르겠다. 지금은, 그냥 슬프다.

그 뒤론, 다시 내 모습이 보인다. 보내는 날마다 흥미 없이 무표정으로 지내는 나. 엄마와 사이가 멀어진 나. 하늘을 바라보며 원망하는 나.

'….'

아무리 원망하는 눈빛으로 하늘을 바라보아도, 하늘은 이미 언니를 데려갔기에, 어린 난 그걸 받아들여야만 했다.

그 모습을 보며 난 화면 밖에서 나 자신을 절망하고 있다. 어린 나에게 미안했다.

'미안해, 미안해…. 너한테 꼭 환한 미소를 짓겠다고 약속했는데….'

지금까지도 내가 미소 짓는 날을 기다리고 있을 어린 내가 떠오른다.

'넌 지금도 언니를 바라보며 내가 미소 짓기를 기다리고 있겠지?'

아직도 어린 나는 어두운 심연 속에서 언니를 바라보고 있을까.

'미안해, 아직 시간이 더 필요해. 조금만 더 기다려 줘.'

어린 나에게 계속 사과를 보내는 내 모습은 무엇보다도 비참해 보인다.

몇 초가 지난 뒤엔 진짜 나의 모습이 보였다. 13살의 가짜 미소를 짓고 있는 나의 모습이. 여전히 엄마와 사이가 멀며, 학교에서 혼자가 되고, 언니를 원망하는 내 모습.

'제발 날 혼자 놔두지 말아줘….'
아직도 간절하게 들리는 외침이었다.

'이제 됐어. 깨고 싶어. 난 충분히 느꼈으니.'

빛

"진아야…."
"힘든 일 있지?"
"그건 어떻게…."
"바보야, 네 표정만 봐도 다 알아."
내 표정으로 내 감정이 다 드러나는 것이었을까.
'…힘들어.'
'언니가 너무 보고 싶어.'
'더 이상 견디기가 어려워….'
진아는 나를 안아주었다.
"너는 잘해낼 수 있어."

내 속마음이라도 읽은 건지 나를 따뜻하게 안아주며 위로해 주는 진아였다.

"언니의 죽음을 봐버렸어…. 너무 괴로워…. 희망도 이젠, 소용없나 봐. 여전히 괴롭기만 하고, 변함이 없어…."

진아의 품 안에서 계속 울기만 하는 나.

"아직은 작은 희망이겠지만, 그 희망은 곧 커다란 행복으로 변할 거야."

나에겐 아주 작은 희망이 있다. 보이지 않을 정도로 작고 작은 희망이었다. 그 희망은 시간이 지나도 여전히 작았다. 그렇게 작기만 하던 희망마저 버리기로 결심했지만, 그 희망이 행복으로 변할 때까지를 기다리지 못한 건 나였다.

"난 너의 가장 친한 운명의 친구야."

눈물은 아직도 볼을 따라 흘러내리고 있었다.

"꼭 웃게 해줄 거야."

*

-뚝, 뚝, 뚝-

처음 들어보는 소리가 아님에도 왠지 모르게 시선이 간다. 화장실 세면대에서 물방울이 떨어지고 있었다. 그 소릴 듣고 세면대 앞으로 가 떨어지는 물방울을 멍하니 바라보았다. 그리곤 문득 거울을 보니, 세면대 앞에 가만히 서 있는 내 모습이 거울 속에 보인다. 얼굴이 어두워 보인다. 다시 세면대로 시선을 돌리곤, 가만히 서서 물방울이 떨어지는 소리를 들었다.

-뚝, 뚝, 뚝-

그 소리는 저번 꿈속 고요한 병실을 조금이나마 시끄럽게 만들고 있던 물방울 소리와 같았다.
"언니…"
작은 중얼거림과 함께 계속 세면대 앞에 서 있는 나.
꿈은 왜 자꾸 나를 괴롭히는 걸까. 이 세상 모든 것은 내가 괴로워하길 원하는 것일까.
'그만 괴롭혀 줬으면 좋겠다. 난 이미 충분히 많은 괴로움을 느꼈는데…'
세상 모든 일이, 아주 사소한 일들도, 나를 괴롭히고 있다.
'제발 그만해 줘…'
내 간절함은 들리지도 않는가 보다. 모든 것이 날 가만두지 못하나 보다.
'난 세상이 나를 괴롭혀도, 내 미소를 위해 앞으로 나아

갈 거야.'

이 다짐은 언제까지 갈까. 끝까지 갈 순 있을까.

*

"지금 가장 하고 싶은 건 있어?"

"하고 싶은 거…?"

그동안 내가 하고 싶은 걸 고민해 본 적이 없었다. 미소 때문에 신경을 쓰느라, 하고 싶은 거에 대해 생각조차 해보지 않았다.

"저기 저 별 보여?"

"오늘은 달이 엄청 밝네."

"행복해. 지금 이 순간이."

의도치 않게 떠오르는 추억. 떠올랐다. 지금 가장 하고 싶은 것이.

"밤하늘을 보고 싶어."

"그래, 그럼 이따 새벽에 잠깐 나올래?"

시원한 늦은 새벽 공기와 함께 본 밤하늘의 별들과 달의 모습은 아직도 나의 추억 속에서 빛을 낸다. 다시 느껴보고 싶었던 밝은 추억이었다.

"저기 저 별 보여?"
"우와~ 진짜 예뻐!"
"오늘은 달이 엄청 밝네."
"예쁘다…."
"너도 밤하늘 좋아해?"
"응, 밤하늘 보는 게 제일 좋아!"
"나도."

밝게 빛나는 달 아래의 우리였다. 달과 함께 우리도 빛나던 밤.

"행복해. 지금 이 순간이."

가장 예뻤던 추억 같았다. 가장 아름답고 빛나는 추억.
시간은 어느덧 새벽 2시가 다 되어가고 있었다. 안방에 들어가 침대에 누워 있는 엄마의 모습을 확인하곤, 조용히 집 밖으로 나왔다.

-삐리리-

시원한 늦은 새벽의 공기. 쌀쌀한 바람. 은은하게 빛나는 밤하늘. 그때와 똑같다.

"아연아."

"응, 진아야."

"어때? 마음에 들어?"

"내가 원하던 그대로야."

은은한 밤하늘 아래 우리. 빛나는 달빛을 보며 아무 말 없이 그 빛을 바라보기만 했다.

나만 이런 감정이란 걸 느껴보지 못했던 것일까? 누구나 자주 느낄 수 있던 이 행복과 기쁨을? 이 모든 행복에 벅차 있을 감정을 집어삼킨 건, 가짜 미소였을까. 가짜로 미소 짓는 나만 아니었어도, 이런 감정을 느껴볼 수 있었을까.

'언니는 저기 있을까.'

"무슨 생각해?"

"추억."

"너의 추억은 아름다울 것 같아. 직접 경험해 보진 않았어도, 다 느껴져."

"네 말을 들으면 없던 희망도 생겨나는 것 같다니까."

"그럼 지금은 희망이 생긴 것 같아?"

"응, 조금은. 많이는 아니어도 아직 내게 희망이 있다는 게 느껴져."

"다행이네…."

"만약 내 인생에 네가 없었더라면 난 지금 어떻게 살고 있었을까…."

"…음."

"네 덕분에 내 인생은 많이 달라졌어. 만약 그날 네가 울고 있는 날 위로해 주지 않았더라면, 먼저 다가와 주지 않았더라면, 난 평생을 망가져 살았을 거야. …네가 있어서 다행이고 행복해. 이 말밖에 떠오르질 않아. 너에게 느낀 고마움이 너무 커서 말로 표현할 수 없을 정도야."

그동안 진아에게 느낀 고마움이 많이 쌓여서 그런지, 지금 아니면 내 고마움을 표현할 수 없을 것 같았다.

"나야말로. 널 조금이라도 행복하게 해줄 수 있어 기뻐. 내게 가장 소중한 사람을 행복하게 해줄 수 있다는 건, 기적과도 같은 일 같더라."

서로에게 고마움을 표현하며 밤하늘 아래에서 시간을 보내는 우리.

"행복해. 지금 이 순간이."

"마치 별같이, 내 추억들도 함께 빛나고 있어."

행복

 진아를 만난 뒤로, 많은 일들이 있었다. 우리의 첫 만남과 위로, 희망까지, 이젠 작고 작던 내 희망도 조금씩 커지는 게 느껴진다. 늘 어둡고, 공허하기만 했던 나의 삶에도, 이젠 약간의 빛이 보이기 시작했다. 그 빛은 아직은 창문 틈으로 들어오는 조금의 햇빛과도 같지만, 언젠간 뜨거운 여름을 비추는 햇볕처럼 나를 비출 것이라고 믿었다. 적어도, 조금은 말이다.

 이젠 가짜 미소를 짓는 날도 드물 정도다. 그만큼, 매일 표정 없이 지내는 날이 대부분이었지만, 오히려 좋았다. 억지로 미소 짓지 않아도 되니까.

"오늘 기분 어때?"

"좋아."

"무표정인데?"

"…아."

"장난이야~ 나중에 네가 웃는 날이 오면 이런 장난도 못 치겠다."

진아가 웃으며 말했다.

"정말로 그럴까…."

진아는 내 어깨를 잡으며 고개를 끄덕였다. 그와 동시에 내 마음엔 한 송이의 꽃이 핀듯하다.

"그나저나, 나 할 말 있는데."

"뭔데? 말해 봐."

"만약에 내가 갑자기 사라진다면, 어떨 것 같아?"

진아의 질문에 꽃이 피었던 나의 마음은 불안해지며 내 마음속 한 송이의 꽃은 금세 져버렸다.

"그런 건 왜 물어봐?"

"아니, 그냥 궁금해서…."

"무슨 일 있는 건 아니지? 불안하게…."

"아니야. 난 언제나 네 곁에 있을 거니까."

다음 날 교실로 들어갔다. 이젠 반 아이들은 아무도 나에게 따가운 시선을 주지 않았다. 투명 인간 취급하듯, 반에 원래 없었던 사람처럼 대하기 시작했다.

"야, 다음 시간 영어래."

"이따 학원 같이 가."

"이제 졸업도 얼마 안 남았다."

모든 것이 평화로운 듯, 아무 일도 없이 흘러가고 있다. 이젠 내가 소름 끼친다는 얘기도 나오지 않았다.

다른 아이들과 달리 우리의 시간은 특별했다.

"고마워."

"네가 있어서 다행이야."

"너밖에 없어."

"행복이란 게, 이런 건가 봐."

우리는 우리만의 행복을 찾고 있다.

"널 꼭 웃게 해줄게."

꼭 웃게 해주겠다던 진아의 말은, 지켜지고 있다. 웃을 순 없어도, 적어도, 최소한은 이젠 행복이란 건 알게 되었다. 아직 그때의 큰 충격이 내 미소를 가져갔지만, 난 다시 그 미소를 내 것으로 만들 거다.

우리의 첫 만남은 아름다웠다.

"괜찮아?"

진아는 울고 있던 나에게 다가와 주었고.

"내가 너 꼭 웃게 해줄 거야."

그 한마디는 우리를 이어줬다.

"너의 추억은 아름다울 것 같아. 직접 경험해 보진 않았어도, 다 느껴져."

내게 추억의 아름다움을 알려줬던 진아.

"나야말로. 널 조금이라도 행복하게 해줄 수 있어 기뻐. 내게 가장 소중한 사람을 행복하게 해줄 수 있다는 건, 기적과도 같은 일 같더라."

정작 고마워할 사람은 나였다. 고마운 건 내가 해야 할 일인데, 진아가 나에게 고맙다고 계속 말해주면…. 나는 미안함을 느낄 수밖에 없다. 춥기만 하던 나의 겨울에 봄바람을 불어준 건 진아였으니까.

"고마워."

이 한마디론 나의 고마움을 다 표현할 수 없었다. 그렇다고, 내 고마움을 어떻게 표현할지도 잘 모르는 나여서, 진아한테 받기만 한 것 같아서. 나의 겨울을 이제 봄으로 바꾸어 준 건 진아여서.

"너에게 느낀 고마움이 너무 커서 말로 표현할 수 없을 정도야."

이 말, 이해했을까.
또다시 내 앞에 지옥이 펼쳐졌을 때도, 진아가 해주는 위로의 한마디만 들으면, 나를 괴롭히던 지옥도 이미 눈앞에서 사라진 상태였다.

"나도 언젠간 웃을 수 있겠지?"

"당연하지. 넌 꼭 웃을 수 있어."

"꼭. 웃게 해줄게."

언제나 입버릇처럼 말했던 진아였는데….
'지켜줘서 고마워.'
이젠 미소라는 걸 조금은 알게 된 것이었을까. 나에게도 미소가 찾아오고 있었다. 내가 생각한 만큼 환하고, 밝은 미소는 아니더라도, 충분히 아름다운 미소였다. 거울을 보고 미소 짓던 어색한 나도, 지금은 그리 어색하게 느껴지진 않는다.

"매일 이렇게, 의미 있는 날로 살아본다는 건, 이런 거구나."
그동안 난 몰랐었다. 모든 하루하루를 의미 있게, 나의 미소를 향하여 살아가다 보면 언젠간 행운이 찾아온다는 것을. 나에겐 불행만 있는 것이 아니었으니깐. 나에겐, 조금의 행운이 남아 있었고, 그 행운은 지금도 계속 커지고 있었다.
또 한 가지 달라진 점이 있다면, 평소 해보고 싶은 일들이 꽤 생겼다는 것이다. 그중에서도 가장 해보고 싶은 게 있었다.

뛰고 싶었다. 평범한 날, 평범한 하늘 밑에서, 평범한 생각들을 가지며 뛰는 것이 아닌, 가장 푸릇하고, 구름 한 점 없는 하늘 밑에서, 수만 가지 생각들을 모두 버리고 마음속의 평온함을 느끼며, 시원한 바람을 온몸에 느끼며 무작정 뛰고 싶었다.

그렇게 어려운 일도 아니었지만, 아직 난 어려운 부분이 있었다.

마음의 평온함을 느끼는 것.

아직 내 마음엔 평온함이 찾아오지 못했다. 아직 내 마음엔 심란함이 남아 있었기에.

그래도 괜찮았다. 내 미소와 함께 평온함도 날 찾아온다고 믿을 것이니.

*

"아연아, 엄마 왔어."
"왔어?"
"우리 딸…. 혼자 잘 있었어?"
"응. 잘 있었지…."
예전엔 말도 잘 섞지 않고, 전혀 가족이란 느낌이 들지 않던 엄마도, 이젠 가족처럼 느껴졌다.

"엄마 때문에 내가 가짜 미소를 짓게 됐잖아."

 이 말 때문이었을까. 지난날 엄마와 크게 다투고 난 다음에 우린 서로에게 아무런 말을 걸지도 않았었다. 서로 그렇게 지낸 지 몇 주가 지났을까, 엄마가 내게 먼저 말을 걸었다.
 "아연아, 우리 딸."
 엄마가, 나를 딸이라고 불렀다. 엄마의 목소리가 슬펐던 것인지, 아니면 엄마가 나를 딸이라고 불러서 그런지, 엄마의 말에 눈물이 맺혔다.
 "응, 엄마…."
 엄마는 내게 몇 번이나 미안하다고 사과했다. 그런 엄마의 모습을 보며 난 가만히 서서 울기만 했다.
 "나도 미안해 엄마…. 나 때문에 엄마의 마음만 더 아파졌었나 봐…."
 눈물 때문에 제대로 나오질 않는 목소리를 힘겹게 내며 나도 엄마에게 진심으로 사과했다.
 "엄마가 정말로 미안해…. 아윤이와 같이 돌아오지 못해서…."

"괜찮아요…. 진짜로. 내겐 엄마도 소중해…."

그 말을 하고선, 우린 같이 울었다. 우는 동안, 엄마와 내가 그동안 지내왔던 날들이 떠올랐다. 서로랑 대화도 잘 안 하고, 언니가 죽은 뒤로 서로를 생각하지도 않던 엄마와 나였는데 지금이라도 조금의 변화가 있어서 다행이라는 생각밖에 들질 않는다.

그 뒤론, 가끔 안부 정도만 일주일에 한 번 정도 물을까 말까 하던 엄마는 지금은 학교생활은 어떻냐, 괜찮냐, 정도의 수다까지 시도하고 있다. 언니가 있었을 때만큼 다정한 엄마는 아니지만, 뭐 나쁘진 않았다. 곧 그때처럼 똑같이 변할 것 같으니까. 물론 나도 열심히 노력하고 있다. 다시 행복하고 환한 집 안을 만들기 위해.

매일 어둡기만 하던 나의 하늘도, 아침이 왔다. 별 하나 없는 캄캄한 밤하늘에 온 첫 아침이었다. 그 아침은 무엇보다도 상쾌하고, 맑았다. 그 아침의 하늘은 나를 보고 미소 짓는다. 마치 나도 따라 미소 지어보라는 듯이. 그럴 때마다 나는 하늘에게 조금만 더 기다리라는 듯이 고개를 내저어야만 한다. 아직은 때가 아니니까. 하늘도 미소를 지으면 이렇게나 환한데, 내가 미소 짓는 날의 하늘은 얼마나 예쁘고 아름다울까. 이런 생각을 하면서도 미소 짓지 못하는 나지만, 이상하게 생각하고 싶지는 않았다. 지금 나의 무표정은 무엇보다도 아름다운 나의 미소를 향하여 가는 과정이니 말이다.

그동안 언니의 죽음을 받아들이지 못해 나는 항상 망가져 살았던 것 같다. 언니를 매일 기다리며 그리움과 불안함을 느끼며. 결국엔 만나지 못한다는 걸, 나는 받아들이지 못했다. 언니도 내 이런 모습을 원치 않을 텐데 말이다. 그것 때문에 언니와의 행복했던 추억들은 모두 잊어버리고 고통 속에서만 살았기에 나도 다른 사람들처럼 환한 빛 속에서 살아보고 싶었다.

그리고 그 빛은 내게 왔다. 그 빛을 내준 나의 유일한 사람은 진아였다.

정말 많은 생각이 드는 것 같았다. 처음엔 그저 내가 힘든 순간에 위로를 해줬던 친구가, 지금은 나의 유일한 희망이 되었다는 것을.

죽을 만큼 힘들고, 아프고, 괴로웠는데…. 나의 아픔을 모두 희망으로 바꿔준 친구여서. 그게 고마웠다. 나는 원래 불행한 사람이라고 생각해서 그런지, 지금 내가 이렇게나 많은 행운을 가져보아도 되는 건지, 정말로 이래도 괜찮은 건지 걱정까지 든다.

아무리 큰 불행이 날 덮쳤어도, 그 친구 하나면 그 불행은 모두 사라졌었다.

그 친구가 지금 내 옆에 있다는 것만으로도 내겐 이미 행운이 온 거다.

언제부터 나는 "꼭 웃게 해줄게."라는 말이 가장 아름답고 감동적으로 들려왔다. 진아가 해준 내 인생을 밝혀주는 첫 꽃이었다.

'치유되고 싶어. 과거의 상처를 다 없애고. …그 상처의 원인은, 추억 때문이 아닐까? 다 잊고 싶어.'

내 잘못된 생각을.

"너에겐 그 추억이 너를 고통스럽게 만드는 것처럼 느껴지겠지만, 그건 아니야. 그 추억은 너를 괴롭히는 게 아니라 너를 웃게 만드는 유일한 방법이야."

이 말이 바꿔주었다.

나의 고통과도 같던 추억을 가장 빛나는 추억으로.

처음엔 그 추억은 나를 영원한 어둠 속에 갇히게 하는 줄 알았지만, 진아의 말을 들은 후부턴, 그 추억은 오히려 내 어둠 속 세상을 밝게 비춰주고 있었다는 사실을 깨닫게 되었다.

"넌 볼 때마다 진짜 언니 같더라."

"네가 그렇게 느낀다면, 나도 좋네."

"너와 쌓는 추억 하나하나가 내겐 빛이 되는 것 같아."

"정말로?"

내가 행복해 보일 때마다 기뻐하는 모습으로 미소 짓던 진아.

내가 행복하길 원하는 것일까. 진아는 내가 항상 웃기를 원했다. 그런 사람은 가족만 가능한 것이라는 것, 아니 그런 사람은 세상에 없을 거라는 것. 그런 내 생각은 참 바보 같았다. 그 마음은 아주 소중한 운명의 친구로서도 가능했다. 가족보다도 그런 마음을 강하게 갖고 자신보다 친구를 더욱 소중히 여기는 사람이 있다는 기적. 그런 사람이, 지금 내 앞에 존재했다. 내 앞에 기적이 찾아왔다. 덕분에 난 알게 되었다.

나는 충분히 미소 지을 수 있다는 사실을.

그게 언제일지는 아무도 모른다. 나조차도 말이다. 아주 불행한 일이 닥치지 않는 이상, 나는 충분히 미소 지을 수 있다. 이미 소중한 가족을 잃은 것만으로도 불행한 일인데,

그것보다 더한 불행이 내게 올 거라는 상상은 하지도 않았다. 그걸 생각하는 것만으로도 불행한 기운이 몰려왔으니.

'…이젠 괜찮겠지?'

'그치 진아야?'

절망

"너랑 있을 때마다 느끼는 건데, 너와 함께 보낼 때면, 마치 내 옆에 언니가 있는 것만 같아."

"그럼 이젠… 미소 지을 수 있을 것 같아?"

"응, 이젠 충분히 미소 지을 수 있을 것 같더라."

진아가 웃었다. 지금까지 봤던 웃음 중에서도 제일 행복해 보이는 웃음이었다.

"정말로…. 정말로 다행이야."

진아는 웃으면서 눈물을 흘리고 있었다. 슬퍼 보이는 눈과 웃고 있는 입.

"왜 울고 그래…."

-따리리링-

전화벨이 울렸다. 엄마의 전화였다.

"여보세요?"

"…아연아."

엄마의 목소리가 떨렸다. 심각한 일이라도 있는 듯, 많이 떨리고 있었다.

"목소리가…. 무슨 일 있어?"

"…너 지금 뭐 하고 있는 거야?"

이때까지만 해도 난 엄마가 왜 그러는지 이해할 수가 없었다.

"진아랑 같이 있지…. 내 친구. 왜 그러는데?"

"뭐…? 같이 있다고?"

"응. 엄마, 무슨 일 있어? 갑자기 왜 이래. 무섭게…."

"너 빨리 집으로 와. 병원 가게."

"뭐? 갑자기 무슨 소린데?"

-뚝-

전화가 끊겼다. 저번까지만 해도 내게 다정했던 엄마였는데…. 동시에 많은 생각들이 머릿속을 꽉 채웠다.

"진아야, 내가 지금 가봐야 할 것 같은데…."

진아가 눈물을 닦으며 고개를 끄덕였다. 집으로 뛰어가는 내내 불안감들이 나를 덮쳤다. 엄마의 목소리는 심각했다. 손목에 차고 있던 팔찌를 보며 생각했다.

'아무 일도 없겠지? 제발 그렇다고 해줘….'

-삐리리-

"엄마 나 왔어요…."

고요한 집 안. 아무런 빛도 없었다.

"엄마?"

조심히 신발을 벗고, 거실로 향했다.

"아연아."

엄마는 거실에 앉아 있었다.

"엄마 왜 그래…?"

"너… 정말 진아랑 있었던 것 맞아?"

"응, 그게 왜…?"

"혼자 있었던 건 아니고?"

"그게 무슨 소리야…. 나 진아랑 얘기하고 있었는데…."

"…정말로?"

"응, 진짜…. 어? 엄마… 울어?"

엄마의 뺨에 눈물이 흘러내리고 있었다.

"진짜로… 혼자 있던 게 아니야?"

"내가 왜 혼자 있어…. 진아랑 같이 있었는데."
"진아가, 너의 친구야…?"
"응, 내 친구…."
엄마의 눈에서 더 많은 눈물이 쏟아졌다.
"아니잖아…. 너 혼자 있었잖아. 어쩌면 좋아…."
"내가… 혼자 있었다니?"
집 안엔 엄마의 울음소리만 가득 울려 퍼졌다.
"너 분명히 혼자 있었어. 엄마가, 밖에서… 똑똑히 봤는데…."
내가 혼자 있었다니. 아직도 못 믿겠다.
"내가… 혼자 있어? 아닌데…. 분명히 진아랑 있었다고!"
문득 과거의 일이 떠올랐다.

"정아연 맞지?"

유진아. 처음 보는 애였음에도, 내겐 왠지 모르게 익숙하던 친구.

"나 전학 왔어. 여기 4반. 이름은 유진아. 앞으로 친하게 지내자. 힘든 일 있으면 바로 말하고."

그때까진 별 이상함을 느끼지 못했다.

"야, 정아연 쟤 왜 저런대?"
"그러게, 소름 끼치게."

이젠 오해라고 할 수도 없었다. 이건 오해가 아니었으니까. 진아는… 나한테만 보이는 존재였으니까.
"아니야…. 아니라고…. 진아는 내 친구라고!"
그걸 받아들이기 싫었던 난 소리쳤다. 그리곤, 그 말을 끝으로 현관으로 향했다.
"아연아 어디가!"
-삐리리-
아파트 계단을 빠르게 내려갔다.
'제발 아니라고 해줘.'
'거짓말이라고 해달라고!'

"진아야!"
아까까지만 해도, 여기 서 있던 진아는 보이지 않았다.
"진아…."
그제야 깨달았다. 진아의 전화번호도, 집 주소도, 나는 아무것도 아는 게 없었다는 걸.

"아니야…. 아니겠지…. 다 거짓말이겠지…. 그치 진아야?"

허공을 바라보며 말하는 나. 그 곁엔 아무도 없었다.

"…그냥 거짓말이라고 믿을게."

*

"아연아~"

오늘도 진아는 나를 부른다. 언제나 그랬듯, 다정하고, 부드러운 목소리로. 진아는 매일 집 근처에서 나를 기다렸고, 우린 같이 등교했다.

"얼른 가자~ 지각하겠어."

"응, 그래…."

'4반…. 분명히 4반이라고 했어.'

학교에 도착하고 진아는 4반으로 들어갔다. 나는 반으로 들어가지도 않고 복도에 나와 있던 4반 애한테 물었다.

"저기 혹시…."

"어? 어, 왜?"

내가 싫다는 듯 나를 피하려는 듯 보였지만, 지금은 상관하지 않았다.

"너희 반에 유진아라는 애 있어?"

제발 있다고 해주길 바랐다.

"유진아? 처음 들어보는 이름인데…. 우리 반엔 없어."

"그럼 너희 반에 전학생은 없었어?"

"응, 없었는데? 왜?"

"…아무것도 아니야. 알려줘서 고마워."

4반 애는 "뭐야."라며 나를 흘긋 쳐다보고는 지나갔다. 살짝 열려 있는 문틈으로 4반 교실 안을 보았다. 진아는 보이지 않았다.

'역시나, 아니라고 믿었는데…. 진짜였어.'

"아연아!"

이제 진아의 부름은, 내겐 더 이상 따뜻하게 느껴지지 않았다. 차갑고, 낯설게 느껴졌을 뿐이다.

"응."

"같은 반이었으면 더 좋았을 텐데."

"…."

"왜 그래?"

"아무것도 아니야."

뒤에서 수군거림이 들려왔다.

"야 정아연 쟤 또 혼잣말하는데?"

"귀신이라도 보나? 소름 끼쳐…."

"…."

"아연아, 왜 그래? 무슨 일 있어?"

"없어."

진아는 뒤에서 수군대는 아이들을 쳐다보곤, 말했다.

"네가 무슨 일이 있었던 건진 모르겠지만, 난 언제나 네 친구라는 걸 알아줘."

"…응."

"아연아…."

집에 들어오니, 엄마가 힘없는 목소리로 나를 불렀다.

"나 괜찮아."

"너무 걱정돼서 그래…. 병원 한번 가보자 응?"

"진짜 괜찮아. 진짜로."

사실 괜찮지 않다. 아직도, 진아가 보였으니까. 정말로 내가 환각을 보고 있는 걸까.

"나 좀 쉴게."

엄마의 대답을 듣기도 전에 방으로 들어가 문을 잠갔다.

"아연아, 잠깐 나와 봐. 엄마랑 얘기 좀 하자…."

엄마는 문을 계속해서 두드리며 말했다. 아무리 내가 나오길 기다려도 난 나가지 않을 생각이었다.

진아를 다신 볼 수 없게 될 수도 있으니.

크게 숨을 들이마시고 내쉬기를 반복하였다.

'차라리, 지금 시간이 멈췄으면 좋겠어.'

'…내 마음이 진정될 시간이 필요하니까.'

*

어디선가 본듯한 장면. 공허하기만 한 어둠 속. 저번과 다른 점이 있다면.

"*어…?*"

끝까지 앞만 바라볼 것 같았던 형체가 내 쪽으로 고개를 돌렸다는 거다. 하지만, 그 형체가 언니인지, 진아인지 헷갈렸다.

"*언니? 진아? 누구야….*"

"*아연아.*"

그 형체 처음으로 말을 했다. 하지만 정신이 잘 들지 않아서 그런지, 아직도 구별하기 어려웠다.

"*누구야…?*"

그 형체는 아무 말 없이 내게 손을 내밀며 무언가를 건네주었다.

주황색 편지봉투.

"이게 뭐야? 그리고 누군데? 말 좀 해봐."

"…."

"왜 아무 말이 없는 거야!"

"꼭 봐줘."

"진아?"

이제야 보였다. 진아의 얼굴이. 언니랑 완전히 닮은 얼굴을 가지고 있어도, 난 알 수 있었다. 손에 들린 편지봉투를 보았다. 처음 보는 것 같은 봉투임에도 그리 낯설진 않았다.

'어디서 본 것 같은데….'

내가 가장 좋아하던 주황색. 마치 태양처럼 환하게 빛나는 색깔 같다고 느껴 특히나 좋아하는 색깔이었다.

아직도 무얼 의미하는지 모르겠다. 그저 생각나는 건 단 하나였다. 난 지금 이 봉투를 처음 본 게 아니다. 어디선가 봤었다. 기억이 잘 나지 않아도, 그 기억 어딘가 속에선 내가 이 편지봉투를 본 장면이 남아 있을 것이다.

'뭐였더라, 어디서 봤었지….'

고민은 끝없이 계속됐다. 터질듯한 머리로, 지금까지 보내왔던 나의 하루하루를 다시 살펴보았다.

-삐이이이이-

생각났다. 언니의 죽음을 느끼며 마지막으로 보았던 것.

주황색 편지봉투.

그때까지만 해도, 언니의 죽음을 느끼느라 그 편지봉투는 내게 희미한 기억으로 남았었다. 난 그 편지봉투가 내 것이라는 생각은 해보지도 않았으니.

"꼭 볼게."

"아연아, 얼른 일어나."

"엄마?"

"병원 한번 가보는 게 좋을 것 같아. 빨리 옷 입어."

"안 가도 돼요."

"너무 걱정돼서 그래. 한 번만 가보자…. 응?"

엄마는 아직도 나를 설득하고 있다. 병원에 가게 되면, 진아를 다신 보지 못할 수도 있다는 생각이 내 머리를 더욱 아프게만 만들어 간다.

"싫다고!"

소리칠 수밖에 없었다. 난 내 친구를 잃기 싫었으니.

"…"

"진아는… 나한테만 보이는 거…. 이제 다 알아. 다 깨달았어."

이젠 받아들여야 했다. 진아는 내 앞에서만 보이는 존재란 걸. 난 이 시련을 겪어야만 한다는 것.

"아연아…."

이젠 나도 안다.

"…그저 환각일 뿐이야."

*

"진아야."

"아연아, 왜 부른 거야…?"

학교에서 진아에게 줬던 쪽지.

- 다 깨달았어. 이따 학교 앞으로 와줘.

이젠 내게 낯설게 느껴지는 진아.

"뭐야? 혼잣말하는 건가?"

"환각이라도 보는 건지…. 왜 저런대?"

"이상해."

학교 앞을 지나가던 주변 사람들이 수군거렸다. 그 아무도 진아를 보지 못했다. 사람들의 수군거림에 잠시 어지러웠다. 눈앞이 흐릿해지기까지 했다.

"…"

그와 동시에 손목이 허전해지고 있다는 걸 느꼈다.

'팔찌가…'

진아가 내게 줬던 팔찌가 투명해져 간다.

"진아야… 너…"

말을 잇지 못했다. 충분히 깨닫게 되었음에도, 아직 받아들일 수가 없었다.

"…"

"다들… 네가 환각이래…. 나한테만 보이는…"

"…"

여전히 입을 꾹 다물고 있는 진아였다.

"아니지? 제발 그렇다고 해줘…"

"아연아."

…언니의 목소리. 진아의 목소리가 아니다. 언니의 목소리다.

"…"

이제야 보였다. 언니를 닮은 한 아이의 얼굴이 아닌, 진짜 언니의 얼굴이. 저번까지만 해도 언니가 아닌 진아의 얼굴이었지만, 다 깨달은 후엔 언니의 얼굴이 보였다.

따뜻함과 다정함이 가득한, 그립던 얼굴.

"미안해."

"그런 말 하지 마…. 이거 다 꿈이지? 그치?"

제발, 다 꿈이라고 해주길 바랐다. 환각이 아니라고 해주길 바랐다. 지금이라도 내 깨달음이 없어지길 바랐다.

이 모든 것이 진아의 마지막과 함께 내 마지막이 되지 않길 바랐다.

"…미안해. 마지막으로, 보고 싶었어."

"…"

"너를 꼭 웃게 해주고 싶었어."

"…진짜 언니였어?"

왜 그동안 몰랐을까. 진아가 다른 아이들 눈에 보이지 않았던 것, 언니와 믿기지 않을 정도로 닮았던 것. 왠지 모르게 비슷한 말투. 함께 있을 때마다 느껴졌던 추억들. 모두 우연이 아니었다.

"나에겐 동생이 있어. 나랑 아주 친한 동생. 근데 저번부터 동

생이 날 많이 미워하는 것 같아서, 그게 너무 고민이 되더라고."

'나였어…?'
진아의 고민. 진아의 동생은, 나였다.
전혀 몰랐었다. 예측조차 하지도 않았었다.

"난 아직 언니와 작별할 준비가 되어 있지 않았어. 그런 내 마음도 모른 채, 날 한순간에 떠나버린 언니가 미웠어."

지난날, 날 두고 먼저 떠나버린 언니가 밉다고 진아에게 털어놓았던 내가 떠오른다. 그땐 진아가 언니인 줄은 꿈에도 모른 채 뱉어버린 말이었다.
많이 상처받은 걸까.
"보고 싶었어. 아연아. 네가 나를 미워할까 봐, 무서웠어. 지금도… 넌 내가 밉지?"
목소리가 흐릿해져 간다. 언니의 모습도.
"언니…"
"네가 한밤중, 학교 앞에서 아주 서럽게 울고 있는데…. 그 모습을 보며 내 마음도 아프더라. 내 소중한 동생이 나 때문에 울고, 괴로워하는데…. 너무 미안했어. 네가 행복하게 미소 짓는 모습을 보지 못하면, 내 마음도 편치 않을 것 같았어. 그게 내가 네 곁에 온 이유거든. 그래서… 네게 환한 미소를 주고 가고 싶었는데, 네가 너무 빨리 알아버렸나 봐. 아쉽다…."

"…."

많은 눈물을 삼키느라, 목소리가 나오질 않았다. 고맙다고 말하고 싶어도, 계속 내 곁에 있어달라고 말하고 싶어도, 많은 눈물이 내 목소리를 막았다.

언니의 얼굴이 내겐 그저 언니를 완전히 닮은 진아라고 느껴졌던 건, 내가 언니와의 추억을 잊느라 잠시 동안 언니의 얼굴을 내 기억 속에서 없애버리는 바람에 언니가 진아처럼, 내 친구처럼 보인 것이 아니었을까. …정말로 그랬던 것일까.

"넌 내가 아직도 밉겠지?"

언니의 모습이 점점 더 투명해져만 간다.

"…난 언니를 미워하지 않아. 고마워…."

마지막으로 언니를 안았다. 오랜만이자 마지막으로 느껴보는 익숙한 품의 온기다.

"편지는… 꼭 봐줘. 내 마지막 편지."

-찌릿-

머리가 깨질 듯이 아팠다. 잠시 눈앞이 어두워지기까지 한다. 정신이 들었을 땐, 나의 소중한 사람은, 보이지 않았다.
원래 없던 것처럼. 거짓말처럼, 눈앞에서 사라졌다.
"언니? 어딨어? 언니! 다시 나타나 줘…"
아무리 불러봤자 다시 돌아오지 못하는 사람. 모든 걸 한꺼번에 받아들이기엔 아직 충분한 준비가 되지 않았던 난, 그 자리에 주저앉아 눈물만을 흘릴 수밖에 없었다.
'차라리… 깨닫지를 말걸…. 난 혼자 못 버텨…'
쉴 새 없이 나오는 눈물.
'이렇게 되면…'

'더 웃을 수가 없잖아.'

그대로 주저앉아 한참을 울던 나였다.
"어머 쟤 왜 저런대…"
"이상하게."
"소름 끼치는 애네."
주변 사람들에게 이상하고 소름 끼친다는 아이가 되어

절망

도, 지금만큼은 눈물을 멈출 수가 없었다.

'다시 내게로 와줘… 언니가 가짜이든 말든, 언니가 나의 언니인 건 변하지 않으니까.'

차가운 공기, 뺨에 떨어진 뜨거운 눈물. 소중한 사람을 눈앞에서 잃은 한 아이. 땅만 바라보며 눈물을 흘리고 있다. 아무도 위로해 주지 않고, 차가운 기운과 함께 모든 것을 잃고 겨울을 보내는 아이. 그 아이의 겨울은 다른 사람의 겨울보다 더욱 춥고 고요하다.

그 아이는 왜 나인 걸까.

모두에게 소름이 된 나. 한 가지 깨달음으로 가장 소중한 사람을 잃은 나. 이젠 혼자가 되어버린 나. 후회해도 소용없는 나. 이젠 다시 봄이 오지 않는 나. 영원히 춥고 쓸쓸하기만 한 겨울에 갇혀버린 나.

이젠 웃지 못하는 나.

이게 나의 끝일까. 허무하고, 슬프고, 쓸쓸한 끝.

'이게 나의 끝인가 봐. 그렇지?'

'나를 미워하는 세상아.'

세상을 원망하는 아이. 그게 바로 나였다.

'행복한 끝이 될 줄 알았어. 하지만 지금 내 끝은 허무하기만 하네.'

모든 것을 잃은 한 아이. 이젠 그 아이의 이야기는 끝이 보인다.

처참하게 마무리되듯.

추억

 빠르지도, 느리지도 않은 며칠이 흘렀다. 오늘의 날짜도 모른 채 지금도 방구석에 주저앉아 고개를 숙이고 생각에 잠겨 있는 나지만, 내 마음만은 오직 캄캄한 어둠 속 아래, 혼자 서 있다.

 '…'

 모든 것이 고요하다. 아무런 소리도 나지 않는다. 허무한 어둠 속, 난 귓가에 희미하게 들려오는 소리를 들었다.

"편지는… 꼭 봐줘."

희미한 속삭임과 함께 난 다시 현실로 돌아왔다.

'편지…. 편지라….'

문득 저번 꿈에 진아가 내게 꼭 읽어달라 했던 편지가 떠올랐다.

'편지…. 설마?'

그대로 일어나 옷장으로 향했다. 옷장 문을 열고선, 쌓여 있는 옷 사이로 손을 뻗었다.

아직 있을까.

몇 번이나 움직이는 손엔 아무것도 집히지 않았다. 결국 포기하려던 때.

찾았다.

천천히 꺼내보았다. 아직 있었구나. 낡은 선물 상자.

"우리의 마음을 여기다가 담는 거야. 마치 선물처럼!"

"우와~ 멋지다!"

"이제부턴 이 상자 안엔 우리의 마음이 담긴 편지로 가득 찰 거야. 서로에게 하고 싶은 말을 전하면서 추억으로 쌓아보자."

"좋아!"

우리의 추억 상자였다. 선물과도 같은 추억들을 담으며.

하지만 그 상자는, 언니가 죽은 뒤로부턴, 나에게 절망감을 주는 상자로 변했다.

"이젠, 다 의미가 없어."

상자를 들고, 어둡기만 한 방 안에 홀로 서 있던 나였다.

"…다 없애버리고 싶어."

없애버리고 싶은 상자였지만, 언니와의 추억을 차마 버릴 수 없던 나.
결국엔, 상자를 옷장 깊숙이, 다신 꺼낼 수 없도록 집어넣은 나였다.

"미안해, 언니."

'지금 이 상자는 내게 고통만을 줄 뿐이야.'

지금은, 열고 싶었다. 다시 한번, 추억을 느끼고 싶었다.
천천히 상자를 열었다. 상자 안을 들여다보며 안에 있는 편지를 모두 바닥에 쏟은 다음, 그중 하나의 편지를 펼쳐보았다.

> 언니에게
>
> 언니, 오늘 하루는 잘 지냈어? 오늘 언니가 내 편지에 답장해 줘서 기분 엄청 좋았다? 요즘 언니에게 하고 싶은 말이 너무 많더라. 헤헤. 다음 편지에도 답장해 줄 거지? 기대할게!
> 그럼 이따 보자!
>
> 아연이가

아직은 어린 나여서 그런지, 그렇게 긴 글이 담겨 있는 편지가 아닌 어린 내가 언니에게 고맙다는 말, 행복하다는 말을 짧게 담은 편지였다.

그 아래 편지엔 언니가 내게 쓴 글이 있었다.

> 아연이에게

> 아연아, 편지 잘 받았어. 네 말이 나에게 기쁨과 뿌듯함을 준 것 같네. 덕분에 오늘 하루도 정말 행복했어. 네 편지를 보니까 저절로 미소가 피어났어. 편지에 너의 기쁨과 설렘이 잔뜩 담겨져 있었거든. 네 편지를 읽으면서 그 감정들이 내게도 느껴졌어. 너무 행복하더라. 네가 내 동생이라는 사실도.
> 다음 편지에도 꼭 답장할게. 벌써부터 기대가 되네.
> 그리고, 꼭 하고 싶은 말이 있었는데, 내 동생이어서 고마워. 덕분에 하루하루가 행복하거든. 앞으로도, 행복한 하루를 만들며 잘 지내보자. 내 동생 아연아.
>
> 언니가

반대로 나보다 더 성숙했던 언니는 내 편지와 달리 좀 더 긴 글에 마음을 담은 편지였다.

그동안 잊고 있던 표현할 수 없는 감정이 나를 감싼다.

'나 이렇게 밝고 환한 아이였나 봐.'

그리움. 그 표현할 수 없는 감정이 그리움이었나 보다.

'언니도 내가 동생이었다는 게 그렇게나 행복했었구나.'

바닥에 흩어진 편지 중 다른 편지도 읽어보았다.

> 언니에게
>
> 언니, 안녕. 나 아연이야. 몸은 괜찮은 거야? 언니가 없는 집 안은 너무 외롭고 심심해. 언니는 언제 돌아오는 거야? 언니가 있었을 땐, 같이 산책도 하고 그림도 그리고, 재밌는 이야기도 하며 놀았었는데. 그때가 그리워…. 언니를 보고 싶다고 이모한테 말해봐도 이모는 기다리라고만 해. 왜 그러는 걸까?
> 언니의 병은 빨리 나아지겠지? 그러면 예전처럼 같이 재밌게 놀 수 있는 거잖아! 나는 언니가 올 때까지 잘 기다릴 수 있어. 언니가 이 편지를 볼지는 모르겠지만, 언제나 응원할게. 빨리 나아!
>
> 　　　　　　　　　　　　　　　　　　아연이가

언니가 병원으로 떠난 뒤에 썼던 편지 같다.

언니를 그리워하는 나. 하고 싶은 말이 많았던 것인지. 전 편지보다 꽤 길었다.

울컥한 마음을 애써 누르며, 그 밑에 있던 편지도 펼쳐 읽어보았다.

> 언니에게
>
> 언니…. 왜 아직도 돌아오지 않는 거야? 계속 기다리고 있는데…. 이모는 이제 언니에 대해선 아무런 얘기도 꺼내지 않아. 언니는 괜찮은 건지 알고 싶다고 소리쳐도 절대로 얘기해 주질 않아…. 언니의 병이 그 정도로 심해진 거야? 나는 언니가 꼭 나을 거라 믿고 있었는데…. 언니가 다신 나와 보지 못할 것 같아 두려워졌어. 이모가 가끔 나랑 놀아주긴 해도, 이젠 질렸어. 나, 다시 언니랑 함께 있고 싶어. 빨리 돌아와 줘….
>
> 아연이가

점점 어린 내가 희망을 잃어가고 있다는 게 보인다.
그다음 편지도.

언니에게

언니, 나 이젠 기다리지 못할 것 같아. 예전엔 몰랐는데, 지금은 잘 알아. 언니가 돌아오지 못할 정도로 아프단 걸. 언니와 함께했던 추억도 이제 나에겐 아픔을 주고 있어. 생각할 때마다 보고 싶은데 다신 만날 수 없다는 사실을 깨닫게 되었어. 이젠 더 이상 기다리지 못해. 아니, 기다리지 않을 거야. 언니는… 나에게 괴로움만 주고 있잖아. 이젠 내 곁에 없을 거잖아…. 내가 언니를 기다릴 때마다 난 내게 스스로 고통을 주고 있는걸. 난 이젠 혼자인가 봐.

…잘 지내. 언니.

아연이가

그게 내 마지막 편지였다. 그 뒤로는 더 이상 편지를 쓰지 않았으니깐. 언니는 결국, 돌아오지 않을 거라는 걸 알았으니깐.

한참 동안 편지를 바라보았다. 이것도 나에겐 추억일까? 오히려 이 편지 하나하나가 내 삶을 망쳐놓은 건 아닐까? 처음엔 희망과도 같던 편지 하나가 쓰면 쓸수록 희망이 조금씩 사라져 갔다. 그때의 어린 나는 언니가 내 편지를 보고 답장해 주진 않을까 기대도 했었다. 하지만 그건 불가능한 일이었다. 언니는 답장할 수 없었다. 매일 언니에게 답장이 왔을까 기대하며 연 상자 안을 보고 얼마나 마음이 아팠는지. 그 일이 계속 반복되고, 난 상자를 열어보는 날이 거의 없었다. 어차피 언니의 답장은 없을 거니까.

시간이 얼마나 지난지도 모른 채 그 자리에 계속 앉아 있었다. 창밖에서 들리는 아이들의 밝은 목소리들과 쌀쌀한 기운들을 온몸에 느끼며. 나에게도 희망이란 게 남아 있을까. 다시 웃고 싶었다. 창문으로 희미하게 들어오는 저 햇빛처럼, 아주 환하게.

마음을 정리하며 상자를 들었다. 이젠 다시 안 열겠지? 바닥에 쏟아놓은 편지 하나하나를 조심스럽게 집으며 다시 상자 안에 넣었다.

그리고, 마지막으로 상자를 닫으려던 때.

주황색 편지봉투.

꿈에서 봤던 편지봉투였다. 다른 편지들로 가려져 있었지만, 나는 알아보았다. 꽤 오래된 듯 보였지만 은은하게 빛이 나는듯한 느낌의 편지. 떨리는 손으로 상자 안에 손을 넣었다. 몇 번이나 손이 미끄러져도, 갑자기 나오는 눈물이 손목으로 떨어져도.

나는 잡았다.

마지막 편지

아연이에게

아연아, 잘 지내? 네가 지금 이 편지를 읽고 있다는 건, 우리의 추억 상자를 열었다는 거겠네?

일단 먼저 너에게 미안하다고 사과하고 싶어. 너는 나를 많이 기다렸을 텐데…. 돌아오지 못해서 미안해. 내가 이렇게까지 될 줄 알았으면 아연이 너한테 더 잘해주고, 더 많이 놀고, 좋은 추억도 더 많이 쌓는 건데….

네가 예전에 나한테 꽃다발 만들어 준 거 기억나? 그때 네가 학교에서 종이로 만든 꽃다발을 나에게 줬잖

아. 그거 받고 나도 너한테 네가 좋아하는 색깔로 꽃다발 만들어 주고 싶었는데…. 그 꽃다발을 주면서 네가 웃는 모습을 꼭 보고 싶었어. 난 항상 네가 웃는 모습만 보면 행복했거든. 그런데 결국은 주지 못하게 되어서 아쉽다. 만약 우리가 다시 만난다면 꼭 주고 싶어.

…난 내가 다시 너의 곁으로 돌아오지 못할 거라는 걸 잘 알아. 난 많이 아파졌고, 이젠 그 아픔을 더 이상 견뎌내기가 어려워졌어. 병원에 있는 동안 이 아픔은 왜 내게 온 것일지 자주 생각해 봤어. 그러다 떠올랐던 건, 이 아픔은 너와 내가 떨어지면 안 된다는 것을 알려준 것 같다는 거야. 우리는 조금이라도 떨어져 있으면 서로가 많이 그리워지고, 또 보고 싶겠지. 하지만, 우리의 마지막은 곧 다시 만남으로 변해 있을 거야. 만약 우리의 첫 만남에 네가 울고 있다면, 나는 네 곁으로 가 괜찮다고 토닥이며 위로해 줄 거야. 그러다가 네가 다시 웃게 된다면, 함께 행복한 시간을 보내고 싶어. 다음번엔 아연이 너의 언니 말고 친구가

되어주고 싶기도 하네. 너의 친구가 된다면 같이 학교도 다니고, 매일 붙어 있을 것 같아. 슬플 땐 같이 슬퍼하고, 웃을 땐 같이 웃어주는 그런 친구.

이 편지를 볼 때쯤, 넌 웃고 있을까? 만약 안 웃고 있다면, 꼭 웃어줘. 네가 웃지 못하는 건 아마 나 때문이겠지만, 나는 네가 나 없이도 환하게 웃으며 살아갔으면 좋겠어. 너는 그 모습이 제일 예뻤거든. 네가 웃지 않는 모습은 보고 싶지도, 상상하고 싶지도 않아. 난 네가 웃을 때가 제일 행복했었거든.

내가 너의 곁으로 돌아가지 못하더라도 네가 웃으면서 지내는 날들을 옆에서 함께할 거야. 혹시라도, 네가 나를 많이 그리워한다면, 우리가 그동안 쌓았던 추억들을 가지고 네가 지금 느끼고 있는 그리움을 없애줘.

네가 이 편지를 볼 땐, 내가 아직 세상에 있을지는 모르겠지만, 이거 하나는 알아줘. 난 네가 내 동생이었다는 게 가장 행복했고, 너와 함께하는 시간은 모두 설렘과 즐거움으로 가득 찼다는 거. 나는 정말로 행복했어. 정말로 기쁘고, 정말로 좋은 하루하루를 내가 다 가질 수 있어서 행복했어. 내 동생이어서 고맙고, 함께해 줘서 고맙고…. 그냥 다 고마워.

비록 주고 싶었던 꽃다발은 못 주게 됐지만…. 이 편지를 하나의 꽃이라고 생각하며 잘 간직해 줬으면 좋겠어. 우리의 추억 상자 안에 들어 있는 모든 편지도 하나의 꽃다발이야. 추억의 꽃다발. 우리의 행복했던 추억은 앞으로도 계속 남을 거야.

아연아, 너에게 고맙고 미안하다고 해주고 싶어도 너에게 전할 고마움과 미안함의 크기가 너무 커서 어떻게 전해야 할지를 모를 정도야. 그래도 이 말만은 꼭 하고 싶었어.

웃어줘. 아주 환하게.

그게 나의 마지막 행복일 테니까.

마지막으로, 언니가

어째서인지 편지를 읽는 내내 눈물이 쏟아졌다. 양쪽 볼

이 다 축축해질 정도로. 눈물이 바닥까지 떨어져도, 편지를 품에 안으며 소리 없는 눈물만을 흘렸다.

"…아연아, 봤어?"

뒤에서 문을 열고 들어온 엄마가 조용히 말했다.

"…."

"아윤이가 떠나기 전에 마지막으로 이 편지를 네게 주고 싶다고 했어. 나에게 그 편지를 꼭 상자 안에 넣어달라고. 그리고 편지에 대해서는 네게 말하지 말라고 했었지…. 아윤이는 네가 그 편지를 볼 때쯤 꼭 웃어줬으면 좋겠다고 했는데…."

"…."

언니의 마지막 편지. 저번 꿈에서 마지막으로 본 주황색의 편지봉투.

"이거… 아연이한테 꼭 전해주고 싶어요."

그날 언니의 바람이 내 귓가에 희미하게 들린다.

"아연아, 꼭 읽어줘. 그리고, 환하게 웃어줘."

"그게 내 마지막 행복일 테니까."

언니의 마지막 행복은 나의 미소였다.
편지를 들고, 밖으로 나갔다. 밖에선 눈이 내리고 있었다. 원래 눈이 이렇게나 예뻤던가. 하늘에서 내려오는 눈송이는 바닥으로 떨어지기 전, 내게 선명하게 보이고 떨어진다.
나의 마음속 눈은 거세고, 평생 멈추지 않을듯했는데, 지금 내 앞에 보이는 눈은, 잔잔하고 아름답다.

"이번 겨울은 왠지 따뜻하다. 너랑 함께해서 그런가 봐."
"나도 언니랑 함께하니까 따뜻하게 느껴져!"

내겐 겨울은 이렇게나 따뜻했던 것 같다. 언니랑 함께해서.
잠깐 겨울의 추억을 떠올리다, 하늘에게 말했다.
"언니, 언니의 바람은 꼭 이루어질 거야."

그리고, 그 바람은 이루어졌다.

진짜 미소

"너 어디 초 나왔어?"

"나랑 친하게 지내자!"

"너 웃는 거 진짜 예쁘다~"

새로운 중학교 생활. 이전 초등학교 때랑은 무척이나 다른 느낌.

"…진짜? 고마워~"

따뜻한 온기와 부드러운 목소리들. 내가 그토록 원하던 거다.

"아연아!"

"응, 서희야!"

"같은 반 돼서 기쁘다! 중학교도 같은 곳 배정되고…."

"그니까~"

"저번에 먼저 말 걸어줘서 고마워. 네가 먼저 말 안 걸어 줬으면 우리 지금도 거의 손절 상태였겠다."

서희가 웃으면서 말했다.

"나야말로. 이해해 줘서 고마워."

*

"누나!"

어리광 가득한 목소리가 나를 부른다.

익숙하면서도 어색한 초등학교의 앞. 작년까진 나의 익숙한 학교였던 곳이었지만, 지금은 그저 추억으로만 느껴진다.

"시우! 많이도 컸네~"

"누나, 나 새 친구 사귄 것 같아!"

"정말로? 잘됐다!"

웃는 시우의 얼굴. 마치 내 친동생처럼 느껴진다. 그런 시우의 얼굴을 보며 난 웃어준다.

"이젠 진짜네. 누나 미소."

시우의 말에 웃음이 더 새어 나온다.

"내 미소는 모두 돌아왔어. 가짜가 아닌 진짜로."

*

"다녀왔습니다~"
"응, 왔어? 오늘 어땠어?"
"최고였어! 친구도 많이 사귄 것 같고~"
"다행이네. 요즘 따라 우리 딸 표정도 밝고 보기 좋네~"
이젠 예전만큼 다정해진 나의 엄마.
"고마워요."

방으로 들어가 문을 살짝 닫았다. 그리고선, 옷장을 열고, 열자마자 보이는 상자를 꺼냈다.

추억 상자.

상자를 열고 맨 위에 놓여 있던 노란색 편지봉투를 꺼냈다. 그리곤, 봉투를 열어 안에 들어 있던 편지를 꺼냈다.

'이게 아마 우리의 마지막 편지일 거야.'

편지를 들고 창가로 향하곤, 편지를 열었다.

언니에게

언니, 잘 지내고 있어? 오늘은 하늘이 아주 예뻐. 언니는 거기 있는 거지?

시간이 벌써 이렇게나 많이 흘렀어. 언니랑 함께 놀았을 적엔 아주 어렸었는데…. 난 이제 벌써 중학생이야. 예전엔 언니가 병원으로 가고 나서 많이 기다리고, 언니가 빨리 낫게 해달라고 소원까지 빌었었는데…. 이루어지진 않았지. 언니가 떠나고 나서 매일 괴로웠었어. 하지만 이젠 아니야. 언니 편지를 보고 깨달았어. 언니의 마지막은 다시 첫 만남으로 바뀌었다는 걸. 언니가 내게 주고 싶다던 꽃다발도 난 이미 받았어. 언니와의 모든 추억이 내겐 하나의 꽃다발이었지. 내가 가장 좋아하는 언니와 보냈던 추억의 색깔 꽃으로.

난 지금 너무 행복해. 예전엔 몰랐는데 지금은 깨닫게 되었거든. 언니와의 추억으로 나의 미소를 되찾을 수 있었다는 걸. 그리고 지금은, 찾게 됐어. 몇 년 동안 찾지 못하고 있던 나의 진짜 미소를. 난 언니가 먼저 떠나버려서 미소를 잃었던 게 아니라 언니와의 행복했던 추억이 자꾸만 떠올라서, 그리워서, 그때로 돌아가고 싶은 마음에 나의 미소를 잠시 잃어버렸던 것이었어.

언니, 나는 언니랑 보냈던 행복한 추억들을 지금까지 내가 잘 간직할 수 있어서 기뻐. 앞으로도 계속 간직할 거고. 언니와의 추억은 지금 나의 미소거든.

내가 지금 언니를 다시 만난다면 언니에게 이 말을 꼭 해주고 싶어.

웃게 해줘서 고마워.

언니랑 함께한 시간 동안 하루하루를 웃으면서 보낼 수 있었던 것 같아. 지금도 그렇고. 언니는 비록 내 눈엔 안 보이더라도 내가 울 땐 위로해 주고 있고, 내가 힘든 일이 있을 땐, 옆에서 응원해 주고 있잖아. 보이지 않아도 다 느껴지는 듯해.

…언니는 지금 웃고 있지? 지금 내 방 곳곳을 비추고 있는 저 햇빛처럼 아주 환한 미소로. 나도 이젠 지을 수 있을 것 같아. 미소. 언니처럼 아주 밝고 환하게. 조금의 어색함도 없이. 추억과 함께 가장 예쁜 색깔로. 난 지금도 그 색깔을 보고 있어. 그 색깔은 겉으로 보기엔 따스하지만, 자세히 보면 슬픔에 잠겨 있기도

해. 마치 우리처럼.

…그리고 찾아와 줘서 고마워. 마지막까지도 언니 덕분에 늘 어둡고 괴롭기만 했던 나의 삶엔 빛이 들어왔어. 모두가 내가 환각을 본 것이라 말하지만, 나는 그렇게 생각하지 않아.

내가 언니랑 만나고, 함께 시간을 보냈던 것은, 내게 온 마지막 희망이었다는 것을.

언니는 나의 희망이었어.

편지를 들고 천천히 읽는다. 눈부신 햇빛이 편지 위를 환하게 비추며 편지를 읽어주고 있다. 의도치 않게 그 빛에 빠져들어 잠시 눈을 감는다.

그리곤, 숨을 깊게 내쉬고, 편지의 마지막 부분을 읽는다.

언니의 바람대로 난 웃을 거야. 얼굴에 가장 예쁜 미소를 만들고, 행복했던 추억을 떠올릴 거야. 언니를 만날 먼 미래에도.

> 그게 언니와 나의 행복이야.
>
> 마지막으로, 아연이가

　편지를 창가에 펼쳐둔다. 창가를 가리고 있던 불투명한 커튼은 바람에 휘날려 창가 밖을 보여준다.

　편지는 바람에 날아갈 듯 말 듯 불안하지만, 그대로 놔두었다. 편지가 날아가더라도, 그 편지는 언니에게 꼭 닿을 거니까.

　편지가 날아가기 전에 마지막으로, 추억을 다시 한번 더 떠올린다.

　추억 속엔, 언제나 그랬듯, 미소가 가득하다.

　떠올린 추억과 함께 하늘을 보며 나도 따라 미소 짓는다.

　가짜가 아닌, 진짜 미소로.

　모든 것이 잔잔하게 흘러가고 있을 때쯤, 거울을 보며 미소를 지어본다. 어색한 가짜의 미소. 내가 행복해서 짓는 미소와는 차원이 다를 정도였다. 내가 행복할 때 짓는 진짜 미소는 그 무엇보다도 아름다웠기에 가짜 미소는 진짜 미소를 표현할 순 없었다.
　그렇다면, 진짜 미소는 정말로 행복한 순간, 행복한 기억을 떠올릴 수 있을 때만 내 얼굴에 띄울 수 있는 것일까? 만약 그렇다면 마음속 아픈 기억이 있는 사람은 진짜 미소를 짓지 못하는 것일까.

가끔, 과거에 느꼈던 나의 아픈 기억이 내 머릿속에서 떠오를 때면, 그 기억이 없어질 거라는 희망 같은 건 생각해 보지도 않고 괴로움과 함께 하루하루를 보냈었다. 물론 이 책을 쓰고 난 후부턴, 많은 깨달음을 얻었기에 희망이 내 눈앞에서 보이기 시작했는데 말이다.

나도 이렇게나 많은 희망을 잃어봤는데 나보다 더 많은 희망을 잃어본 사람은 지금 어떤 마음일까. 지금은 다시 그 희망이 자신을 찾아왔을지에 대한 의문까지 든다. 만약 아직 희망이 돌아오지 않았다면, 지금 그 사람은 마음 아픈 기억과 함께 살아가고 있는 걸까.

많은 사람들에게 전해주고 싶었다. 희망을 잃지 말라고. 아무리 나쁘고 아픈 기억이 있더라도, 그 기억에서 충분히 벗어나 희망이란 걸 눈앞에서 볼 수 있을 거라는 것을.

『가짜 미소』는 진짜 미소를 찾아가는 과정을

뜻한다. 그 뜻대로, 내가 원망하거나, 절망스러워 하는 일은, 그저 나의 행복을 찾아가고 있는 과정이란 것이다.

　책의 주인공 아연이도 마찬가지로, 처음엔 단지 과거의 기억으로만 미소를 잃게 된 아이였다. 하지만 미소를 잃게 된 아연이는 자신의 가짜 미소는 진짜 미소를 찾아가는 과정이란 걸 깨닫게 된 후로, 그 과정을 견디며 잃어버렸던 미소를 조금씩 되찾게 되고, 많은 희망을 얻는다.

　아마 이 뜻을 이 책을 읽는 사람 중, 가장 불행하고 작은 희망조차 가지지 못하고 있는 사람이 깨닫게 된다면, 조금의 희망은 가질 수 있게 되지 않을까 한다. 이 책이 말해준 것처럼, 처음엔 아주 작은 희망이더라도, 곧 커다란 행복으로 변하게 될 거라는 내용처럼 말이다.

　지금 내가 가장 원하는 것은, 희망을 잃어버린 사람에게 조금의 희망이라도 전해주고, 한 가지 깨달음을 주는 거다. 이 책처럼, 언젠간 자신을 환하게 비출 빛이 생길 거라는 것을.

많은 사람들에게 빛을 주었으면 하는 내 바람과도 같은 이 책을 읽어주신 모두와 책이 나오도록 도움을 주신 분들께도 감사하다는 말을 전하고 싶다.

졸업을 앞둔 겨울
13살 이은서

초판 1쇄 발행 2025. 2. 19.

지은이 이은서
펴낸이 김병호
펴낸곳 주식회사 바른북스

편집진행 김재영
디자인 양헌경

등록 2019년 4월 3일 제2019-000040호
주소 서울시 성동구 연무장5길 9-16, 301호 (성수동2가, 블루스톤타워)
대표전화 070-7857-9719 | **경영지원** 02-3409-9719 | **팩스** 070-7610-9820

•바른북스는 여러분의 다양한 아이디어와 원고 투고를 설레는 마음으로 기다리고 있습니다.

이메일 barunbooks21@naver.com | **원고투고** barunbooks21@naver.com
홈페이지 www.barunbooks.com | **공식 블로그** blog.naver.com/barunbooks7
공식 포스트 post.naver.com/barunbooks7 | **페이스북** facebook.com/barunbooks7

ⓒ 이은서, 2025
ISBN 979-11-7263-241-0 03810

•파본이나 잘못된 책은 구입하신 곳에서 교환해드립니다.
•이 책은 저작권법에 따라 보호를 받는 저작물이므로 무단전재 및 복제를 금지하며,
이 책 내용의 전부 및 일부를 이용하려면 반드시 저작권자와 도서출판 바른북스의 서면동의를 받아야 합니다.